AF235797

R. Daniel Roth
Der Überfall in der Türkenstraße

R. Daniel Roth

Der Überfall in der Türkenstraße

Roman

Bibliografische Information der Deutschen Nationalbibliothek:

Die Deutsche Nationalbibliothek verzeichnet diese Publikation in der Deutschen Nationalbibliografie; detaillierte bibliografische Daten sind im Internet über http://dnb.dnb.de abrufbar.

2. korrigierte und überarbeitete Auflage

Herstellung und Verlag

BoD - Books on Demand, Norderstedt

Umschlaggestaltung: R. Daniel Roth

ISBN: 9783754353622

Für Frieder

„Wer allzu lange sind ist,
Ob arm, geht sich bei dem,
Das einmal es oft lieber sein,
Drum wird ja ohnedem,
Mitsammen, ja denn so kann,
Bei deinen nicht schon sein,
Sobald man kann es bleiben soll,
Zusammen fein zu sein.“

(Karl Valentin)

.

Prolog

Während der Regen auf die Kräne plinkerte, saß eine Gruppe Menschen um eine Betonmischmaschine und beratschlagte, wie sie die neu entstehende Straße gestalten sollte.

Da gab es allerlei Vorschläge und Einwände.

Einer, der Sepp Ruf hieß, meinte, zuerst müsse ein Wohnhaus gebaut werden. Mit vielen Balkons und sturzlosen Fenstern. Ein anderer fand, hier fehle zunächst mal ein Heizkraftwerk. Und einer, der Kaiser hieß, bestand vordringlich auf einer grünstreifigen Bankfiliale. Einer, zu der man Vertrauen haben könne.

Und so ging es weiter.

Sie wurden sich einig und stellten Obststände auf. Errichteten zwei italienische Schuhläden. Einen für *Signore*. Und einen für *Signori*. Bald folgten ein Hotel, ein Kino. Noch ein Kino. Schließlich Kneipen, Cafés, Antiquitätenläden.

„Die Straße ist noch zu leer," sagte einer aus der Gruppe, und sie stopften eine Unmenge Autos darauf. Die sogleich mehrreihig die Straße säumten.

Hierauf wurden natürlich Parkverbote notwendig. Halteverbotsschilder, Feuerwehranfahrtszonen. Polizisten und Politessen. Einfahrten, Ausfahrten und Durchfahrten, die unbedingt freigehalten werden sollten.

Es wurden Drogerien eingerichtet. Ein Kurzwarenladen. Elektrogeschäfte. Ein großes Haushaltswarengeschäft. Eine Druckerei. Die Baumaschinen, die Kräne, die Betonmischmaschine arbeiteten auf Hochtouren.

Natürlich musste jetzt auch eine Dixie-Kneipe her. Andere Bankfilialen, die um Vertrauen warben. Buchhandlungen, normale und eine kommunistische. Die Straße füllte sich zusehends.

Es folgten Farbengeschäfte und Fotogeschäfte. Die Bäckerei „Wild" und die Bäckerei ,Hölzl'. Plattenläden.

Ein Holzverarbeitungsbetrieb und Musikgeschäfte. Eine Apotheke. Und der 'Tengelmann', natürlich. Ach ja, jetzt fehlten noch Telefonzellen, Zebrastreifen, Ampeln, Fernsehantennen, Nasenreklamen, Leuchtreklamen, Außen- und Innenreklamen, Reklamen aller Art. Straßenbeleuchtung. Was noch? Na, auf alle Fälle noch Vorderhöfe, Hinterhöfe und Zweite Hinterhöfe. Jede Menge Fenster, Einheitsfenster und Einheitsfensterbretter. Gehwege, Fußgänger, Radfahrer. Wohnungsbewohner und -besetzer. Obdachlose, Bettler, Kunden, Einkäufer und Interessenten. Alarmanlagen. Verkehr. Kaugummi- und andere Gummiautomaten. Zigarettenautomaten. Klingelschilder. Eine Spielstraße.

Jetzt fehlte noch das Namensschild für die neuentstandene Straße. Und hier kam es plötzlich zu Unstimmigkeiten bei der kleinen Gruppe, die sich nunmehr der Straßenpflege angenommen hatte.

Nach wie vor tröpfelte der Regen, Münchner Regen, auf sie herunter. Völlig durchnässt standen sie auf ihrer Straße. Beratschlagten. Und wägten ab. Doch sie konnten sich einfach auf keinen Namen einigen.

So blieb sie eine Zeitlang, und das wissen nur wenige, die einzige Straße in München, die keinen Namen hatte.

Die Gruppe war freilich nicht zufrieden mit ihrer unbenannten Straße. Sie wollten keine Straße, die nur irgendwo herum, nirgendwo hinein und nirgendwo herausführte.

„Man muss die Dinge benennen können, sonst verflüchtigen sie sich." Die anderen nickten heftig. Sie wollten nicht, dass sich ihre Straße verflüchtige.

Da es die Menschen in großen Städten immer sehr eilig haben, bemerkte kaum jemand, dass er durch eine namenlose Straße hetzte. Nur die Ortsunkundigen hielten verunsichert inne, spähten zu den Häuserecken und suchten die Orientierung wiederzugewinnen. Die kleine Gruppe kauerte in einem Durchgang und musste beschämt mitansehen, wie sich Fremde in ihrer Straße verirrten.

Schließlich wurde es ihnen zu dumm und sie veranlassten, dass an allen Ecken ortsübliche blaue Schilder aufgestellt wurden, worauf man den Namen ihrer Straße deutlich lesen könne.

‚Türkenstraße' benannten sie ihre Straße. Obwohl niemand von ihnen so recht wusste warum.

Die Türkenstraße beginnt am Oscar-von-Miller-Ring als Einbahnstraße, läuft in nördlicher Richtung über die Theresienstraße, verengt sich in Richtung Schelling- und Adalbertstraße, führt an der Rückseite der Ludwig-Maximilian-Universität vorbei, streift dann rechterhand den westlichen Flügel der Kunstakademie und mündet schließlich in die Georgenstraße. Einige behaupten, sie führe von dort aus weiter bis zur Galaterbrücke, überquere schließlich den Bosporus und verliere sich im Hochland von Anatolien…

1

Die Augen am Fenster

1.

Ein diesiger Frühsommertag.
Hans Schreiber sitzt missmutig an seiner Schreibmaschine, eine alte 'Continental'. Die Türkenstraße katapultiert Verkehrslärm durch das offene Fenster. Hans verlässt das eingespannte leere Blatt und schickt seine Augen in die produzierende Welt auf der Straße.
Zwischen Dresdner Bank und ‚Tengelmann' parken wie immer Autos in mehreren Reihen. Lastwägen rangieren durch den an- und abfahrenden Verkehr. Fußgänger wieseln in alle Richtungen.
Hans Schreiber beobachtet teilnahmslos.
Durch die Schwingtür vom ‚Tengelmann' kommen mehr Leute heraus als hineingehen. Ein paar Meter weiter wird ein Mann mit Hut, mittleren Alters, aus der Dresdner-Bank-Filiale hofiert. Hans erkennt Herrn Kaiser, den Zweigstellenleiter. Den Mann mit Hut kennt er nicht.
Dann kehrt er zu seinem Blatt Papier zurück. Tippt wahllos ein paar Buchstaben in die Maschine. Drei Metallfinger verkanten sich ineinander. Hans muss jeden einzeln in das Halbrund ihres gemeinsamen Bettes zurückführen, um sie wieder für sich gefügig zu machen.
Die schwarze schwere Maschine donnert rhythmisch auf die Schreibtischplatte. Nach einer Weile stehen fünf Zeilen unentzifferbarer Worte auf dem in der Walze eingespannten weißen Blatt. Hans zieht das Blatt heraus, zerknüllt es und wirft es unter seinen Schreibtisch. Er spannt ein neues Blatt ein und hämmert vier Worte in die rumpelnde Maschine:
'Ich bin ein Nichts.'
Immerhin ein Anfang. Allerdings ein Anfang ohne Perspektive. Ein Anfang, der eigentlich schon das Ende ist. Ein Subjekt, das es nicht gibt, kann auch nichts niederschreiben.

Hans lehnt sich in seinem Stuhl zurück und streckt seine Arme.

Er ist ein Versager. Und er weiß das. Es ist diese Maschine, diese boshafte alte ‚Continental‘, die ihn beherrscht, ihm Ideen zuflüstert, um sie ihm im nächsten Augenblick hämisch wieder zu entreißen. Von Anfang an ist sie es gewesen, die ihn dazu verführt hat, seinen Namen als Omen zu missdeuten. Mit verschwommenen Zusicherungen luzider Geistesblitze ruft sie ihn zu sich. Winkt ihn mit ihren unduldsam wippenden Metallfingern heran. Und lässt ihn ins Bodenlose fallen.

Vergeblich versucht er sich diesem trügerischen Drängen zu erwehren.

Warum hat er sie nicht längst entsorgt? Auf den Müll geworfen? Um sich für immer ihrem Bann zu entziehen.

Altehrwürdig, wie ein Altar thront die 'Continental‘ im Zentrum seines Lebens. Nötigt ihn unentwegt, sein überfälliges Schreibopfer darzubringen. Doch stets enden diese Wallfahrten in der dumpfen Erkenntnis: das Ungeheuer lockt ihn ins Ungewisse. Er selbst hat nichts mitzuteilen. Nichts anzuvertrauen. Nichts zu sagen. Seine Hoffnung auf ein Zwiegespräch mit dem Ungeheuer wird immer wieder neu enttäuscht. Kaum beugt er sich über die Tastatur, verflüchtigen sich seine Ideen. Das weiße Blatt spiegelt höhnisch die Leere in seinem Kopf wider. Der Opfergang ist umsonst, das Opfer unerwünscht. Das Ungeheuer, eben noch drängend, die Finger nach ihm streckend, antwortet nicht.

Einige seltene Male gelingt es Hans eine Seite zu füllen. Schon nach erster Durchsicht zerreißt er sie, wirft sie unter seinen Schreibtisch, verschanzt sich hinter der unumstößlichen Gewissheit seiner vier Worte:

Ich bin ein Nichts.

Hans Schreiber hält sich weder für einen Propheten, noch für ein verkanntes Genie. Er fühlt sich an dieses lackabblätternde Ungetüm gekettet, das ihn mit großer Dringlichkeit zu sich ruft, um ihn mit spöttischem

Schweigen zu strafen. Unaufhörlich zitiert ihn die Maschine zu sich. Dann sitzt Hans gedemütigt vor ihr, starrt abwechselnd auf die Tasten und das leere eingespannte Blatt. Das Ungeheuer scheint dies Ritual zu genießen. Es interessiert sich nicht für ihn. Ignoriert ihn. Hans streckt sich noch einmal.

Plötzlich mischt sich schrilles Quietschen in das Verkehrswabern unter seinem Fenster. Klappern und Krachen antwortet. Ohne auch nur einen Blick aus dem Fenster zu werfen, tippt Hans:

‚Der Verkehrsunfall. Auf der Türkenstraße, das ist die Straße unter meinem Fenster, findet ungefähr alle zehn Minuten ein Verkehrsunfall statt. Ich höre diese Unfälle. Aber ich sehe sie nicht. Dazu müsste ich meinen Kopf aus dem Fenster lehnen. Warum sollte ich das tun? Die meisten dieser Unfälle sind kurzlebig und bedeutungslos. Es bumst, kracht und knirscht. Das ist alles. Das allgemeine Verkehrsrauschen fließt darüber hinweg. Die Verkehrsopfer sind wohlauf. Oder tot. Leichenwägen fahren bekanntlich ohne Martinshorn...'

Ärgerlich reißt er das Blatt aus der Maschine und schleudert es aus dem Fenster.

Unsinn! Ob Tote oder Verletzte, es kommt immer erst die Polizei. Und Polizeiautos fahren mit Tatütata.

Hans betrachtet seine ‚Continental'. Sie hüllt sich in Schweigen. Er beschließt, sich zum Fenster hinauszulehnen.

Einige Autos stehen ineinander verkeilt. Die Türkenstraße ist voll Blech. Überall züngeln Rauchfähnchen unter den Autos hervor. Aus dem Seitenfenster eines eingepferchten Taxis windet sich ein Kopf. Das zugehörige Gesicht ist pflaumenrot. Neben dem Kopf erscheint ein Arm. Dann ein zweiter. Beide gestikulieren heftig. Auf der Straße herrscht weiterhin Stillstand.

Wozu aus dem Fenster schauen? Ich wusste bereits zuvor, was ich hier draußen sehen würde.

Hans hält inne.

Eine junge Frau beobachtet von schräg gegenüber die Dresdner-Bank-Filiale. Sie macht sich Notizen. Sie trägt einen kobaltblauen Overall, der die Linie ihres Körpers betont. Hin und wieder verlagert sie ihr Gewicht von einem Bein auf das andere. Hans sieht, wie sich ihre Muskeln unter dem Stoff spannen. Sie schaut immer wieder misstrauisch um sich.

Plötzlich sieht sie zu ihm hoch, und ihm ist als stürze er einige Stockwerke tief in ihre Augen. Ohne sich selbst weiter wahrzunehmen.

Was war denn das?

Während Karla mit hastigen Schritten die Türkenstraße in Richtung Georgenstraße läuft, wandern ihre Gedanken zurück zu den Augen am Fenster.

Ein merkwürdiger Kraftstrom sog sekundenlang ihre Blicke zueinander. Ihre Augen waren miteinander in Verbindung. Das hat sie deutlich gespürt. Sie wehrt sich gegen diesen Blick, der immer noch in ihr brennt. Ihre Gedanken und Gefühle purzeln durcheinander. Sie kann sie weder ordnen, noch voneinander trennen.

Sie erinnert sich nicht, so was schon einmal erlebt zu haben.

In diesem Blick lag Befremdliches. Wie eine Botschaft, die ihr die Augen zuzuflüstern versuchten. Ja, Karla ist sich sicher. Ein Austausch hat stattgefunden.

Aber was wollten ihr diese Augen mitteilen?

Karla streift mit beiden Händen ihre kurzen braunen Haare nach hinten.

Blödsinn! Das bilde ich mir alles nur ein! Was soll der Kerl schon bemerkt haben? Was kann er mir mitteilen wollen? Ich kenne ihn nicht. Hab ihn nie zuvor gesehen.

Als Hans wieder bei sich ankommt, ist die Frau verschwunden.

Er schließt die Augen. Vergebens. Diese Augen haben mich in sich hinein gesaugt! Und ich sehe nun aus ihren Augen heraus.

Hans ist außer sich. Er hat Kontakt mit der Außenwelt aufgenommen! Äußerlich gesehen, ein fragwürdiger, eher spärlicher, zugegeben. Ein Blickkontakt, nicht mehr. Dennoch hat er ein Feuerwerk in ihm entfacht. Auf so eine Begegnung mit der Außenwelt war er nicht vorbereitet.

Es gibt eine Welt unter seinem Fenster.

Oder war es gar nicht die Außenwelt, von der er sich wie von einem Feuerstrahl getroffen fühlte? Der Blick in einen Abgrund aus einer nie gewagten Perspektive? Ein Verschmelzen abgetrennter Teile in sich selbst?

Sekundenlang spannte sich ein Tau zwischen ihm und ihr. Ihre Blicke verhakten sich ineinander. Wie war es möglich, dass sich über diese Entfernung hinweg, zwei Augenpaare so sehr miteinander verbanden?

„Bleib auf deinem Posten!" ermahnt ihn jetzt die Maschine. „Du brauchst dabei nicht mehr zu tun, als hier an deinem Fenster zu sitzen, zu beobachten und deine Beobachtungen aufzuschreiben!"

Eine dumpfe Erregung legt sich wie ein Teppich auf ihn. Feuchtschwere Hitze drückt auf die Dächer der Stadt. Die Geschäftigkeit der Türkenstraße pulsiert zu ihm herauf.

„Mach mit! Beteilige dich!" ruft ihm das brodelnde Leben dort unten zu.

„Beobachte! Halt Abstand! Schreib's auf!" fordert die 'Continental'.

Zwei Feuer haben sich in ihm entzündet.

Hans kann nicht erkennen, welches ihn zu wärmen verspricht und welches ihn zu verbrennen droht.

„Schreib endlich! Du musst dich nur über dein Fenstersims lehnen und abschreiben, was dir die Vorlage dort unten liefert!" zischt es ihm aus dem einen entgegen.

„Komm ins Leben!" lodern die Flammen des anderen.

Elf dumpfe Glockenschläge wummern über den Verkehr in der Türkenstraße, der sich entquirlt und schleppend wieder in Bewegung kommt. Der Taxifahrer mit dem pflaumenroten Gesicht hämmert auf den Hupring am Steuerrad seines Wagens. Eine Autoschlange gleitet an ihm vorbei. Sie bietet ihm keine Lücke einzuscheren. Gegenüber der Dresdner Bank steht ein Streifenwagen mit kreiselndem Blaulicht. Anzeichen eines Unfalls kann Hans Schreiber nicht erkennen.

Er setzt sich zurück und tippt auf das leere Blatt:

„Es ist knapp elf Uhr vorbei. Stickige Luft füllt mein Zimmer. Ich strecke meinen Kopf aus dem Fenster. Schwere Hitze drückt ihn nach unten. Ich treffe auf zwei saugende Augen, die mich vom Fenstersims zu zerren drohen. Über zwei Stockwerke hinweg spannt sich ein verbindendes Seil zwischen unseren Augenpaaren. Ich kenne die Frau nicht, der diese Augen gehören. Ich kann kaum ihre Gesichtszüge entziffern. Dennoch zieht mich eine unsichtbare Macht in ihre Augen…...“

Hans reißt das beschriebene Blatt wieder aus der Maschine.

2.

Da ist er wieder!

Wieder lehnt er am Fenster und schaut zu ihr herunter. Noch scheint er sie nicht wahrzunehmen. Karla versucht sich auf den Bankeingang zu konzentrieren. Doch ihr Blick schweift unruhig hin und her. Ein älterer Mann in der Boutique vor ihr mustert sie aufmerksam. Karla schaut in die Auslage. Der Mann aus der Boutique kommt auf sie zu.

„Kann ich Ihnen helfen? Hier im Fenster haben wir nur eine ganz kleine Auswahl. Kommen Sie doch rein und schauen sich drinnen um!"

„Nein, nein, ich - ich schaue nur," wehrt Karla ab.

Der Verkäufer erkennt „seine" Sandalen an ihren Füßen und lächelt gegen ihren Busen.

„Signora, wirr haben ihre Größe wieder da, serr schöne Modelle!"

„Ich trage keine Bhs."

„Oh, Signora, ich meinte ihre Sandaletten."

„Die sind doch praktisch noch neu."

„Sie haben Recht, Signora! Aber ist das nicht wennig? Nurr ein paar Sandalen fürr so schöne Füße?"

Karla geht ärgerlich weiter.

Ich stelle mich stümperhaft an! Wenn ich so weitermache, weiß es in Kürze die ganze Türkenstraße, dass ich die Bank dort drüben im Auge habe.

Noch einmal hebt sie ihren Blick zum Fenster im zweiten Stock.

Jetzt hat er sie entdeckt.

Wieder verhaken sich ihre Blicke ineinander. Wieder meint sie eine Botschaft in seinen Augen zu lesen. Eine Botschaft von großer Dringlichkeit. Die sie nicht deuten kann. Unruhe erfasst ihren Körper. Hastig versucht sie den Code zu entziffern. Dann bricht die Verbindung abrupt ab, als habe jemand den Stecker herausgezogen.

Irgendetwas stimmt nicht mit diesem Beobachter dort oben.

Karla schüttelt sich.
Was passiert mit mir?

Hans Schreiber müht sich vergeblich ab, seine Gedanken in Fragen, Aussagen und Entschlüsse zu ordnen. Aufgewühlt von den Bränden, die ihn entfachen, streift sein Blick durch sein Appartement, nach einem Fluchtpunkt. Die Feuer flackern immer wieder auf, zischeln und schwelen vor sich hin.
Es gibt keinen Ruhepol.
Sein Appartement gleicht einer Kammer, in die man kurz vor einem bevorstehenden Umzug noch schnell alles hineingestapelt hat. Ohne aufstehen zu müssen gelangt er mit ausgestreckten Armen an seine Bücherregale. Es gibt ein Abstellniveau, das gleichzeitig Schreibtisch, Esstisch und multifunktionale Ablage ist. Darauf türmen sich Zettel und Stifte in allen Größen, leere Blätter, sowie Marmeladengläser und diverses zum Teil ungewaschenes Geschirr. Und immer wieder Zettel.
Inmitten dieses unabsichtlichen Arrangements dräut die schwarze 'Continental'- Schreibmaschine. Darum herum ranken sich notdürftig zusammengeschraubte Ikea-Regale, vollgepfropft mit Büchern. Von seinem Schreibtischstuhl aus kann sich Hans ohne Mühe auf die dort heruntergelassene Klappcouch rollen lassen. Dahinter gibt es dann noch ein Miniwaschbecken, einen Elektrokocher auf einer schmalen Kommode, in der Hans seine Schuhe aufbewahrt. Und nur durch eine Sperrholzwand getrennt, eine Duschkabine für Gartenzwerge. Um zur Dusche zu kommen, muss Hans über seine Schlafcouch steigen.
Das Ganze trägt die Bezeichnung Appartement und kostet den Preis eines nämlichen. Es gab eine Zeit, da waren Hühnerställe größer.
Hans Schreiber betrachtet das Sammelsurium an Zetteln, das sich bis auf seine Couch ausgeweitet hat. Kurz entschlossen sammelt er alle ein, zerknüllt sie, stopft sie in

eine Plastiktüte. Dann nimmt er eine zweite Tüte und leert den überquellenden Inhalt seines Papierkorbs hinein. Er glaubt, einen Sieg errungen zu haben.

Dann schiebt er ein Glas Aprikosenmarmelade beiseite und zieht die 'Continental' zu sich heran.

Die Maschine kichert.

Hans Schreiber lässt sein festgeklebtes T-Shirt auf seiner Bauchdecke auf- und ab fluppen. Er legt zwei Bögen mit Durchschlagpapier in die Walze.

„Der Überfall in der Türkenstraße von Hans Schreiber."

Er zögert.

Nicht *auf* der Türkenstraße - nein, der Überfall findet *in* den engen Häuserschluchten, tief in den Eingeweiden der Straße statt.

„Der Überfall in der Türkenstraße. Es beginnt am 14. Juli 1981 um 10 Uhr 45. Ein Mann. Eine Frau. Zwei Augenpaare verketten sich..."

Verketten sich? Augen verketten sich nicht.

„Zwei Augenpaare treffen sich…"

Treffen sich, treffen sich… mein Gott! Wie banal!

„Zwei Augenpaare versinken ineinander…"

Nein, nein, nein. So nicht.

Er unterbricht.

Da ist es wieder, dieses brennende Verlangen, das sich in ihm ausbreitet. Er sieht die wippenden Schultern. Er spürt ihre Bewegungen. Er sieht ihre Augen vor sich, die wie schillernde Teiche seinen Blick ansaugen. Diese Augen zerren ihn aus sich heraus. Noch nie hat Hans derartiges gespürt.

Er nickt ihr zu.

Es ist ein Ja ohne irgendetwas gefragt worden zu sein.

Hans wendet sich wieder der Tastatur zu. Die 'Continental' lächelt zufrieden.

„Du musst alles aufschreiben! „flüstert sie ihm zu, „ohne Rücksicht auf irgendjemand oder irgendetwas. Erspür, was von da unten zu dir hoch drängt! Aber vergiss nicht: du bist der Beobachter, der Berichterstatter! Lässt du dich

hineinziehen, bist du Sklave der Abläufe unter deinem Fenster! Hältst du sie auf Distanz, beherrscht du sie!"
Die Metallfinger krümmen sich über die Walze und hämmern Buchstaben auf die leere Seite. Der Papierkorb füllt sich und schon bald verteilen sich wieder zahllose Blätter um ihn herum.

Er hat mir zugenickt? Kein Zweifel. Er hat mir von seinem Fenstersims aus deutlich sichtbar zugenickt.
Aber auch diese Botschaft kann Karla nicht enträtseln.
Wollte er mich anmachen? Und ist zu feige seinen sicheren Fensterplatz zu verlassen? Aber was stellt er sich vor? Dass ich zu ihm hochkomme?
Gewöhnlich lächeln Männer in derlei Situationen. Er hat nicht gelächelt.
Nicht einmal die Farbe seiner Augen war zu erkennen. Nur, dass sie seltsam dunkel wirkten, erinnert sich Karla. Dunkel und erloschen. Verlorene Augen.
Was wollten sie mir sagen?
Karla lehnt sich an ein Verkehrsschild.
Verblüfft muss sie sich eingestehen, dass sie die Augen am Fenster mehr beschäftigen als der geplante Überfall.
Plötzlich glaubt Karla zu wissen, warum er ihr zugenickt hat. Es war ein Zeichen schweigenden Verstehens. Ich weiß alles, aber ich sage nichts.
Inzwischen ist Karla vor ihrer Haustür in der Blütenstraße angekommen.
Das ist ja absurd! Ich bin total überspannt! Was reime ich mir da zusammen?

Hans räumt seine beschriebenen Blätter beiseite.
Von der Türkenstraße dringt Sirren und Brummen durch sein offenes Fenster. Er schaut auf seine Armbanduhr. Halb elf.
Noch einmal stemmt er sich hoch und stiert mit leeren Augen auf das Treiben unter ihm. Sein Blick gleitet über die Menschen und Autos die sich ineinander knäueln. Alle

scheinen auf irgendeine Weise miteinander verbunden. Er kauert gefangen in seinem Elfenbeinturm. Die Welt nimmt keine Notiz von ihm. Die Menschen dort drunten gehen ihre eigenen vorgezeichneten Wege. Oder Abwege. Sie kümmern sich nicht um ihn. Bemerken ihn nicht einmal. Außer einem.

Hans Schreiber erkennt die Beobachterin sofort wieder. Ihre Augen sind graue Schächte. Saugen ihn in sich hinein. Ziehen ihn fort von seinem tristen Fenster. Heraus aus seiner Verbannung. Und einen Augenblick lang vergisst er sein Abgetrenntsein von der Welt unter ihm. Er fühlt sich an diese Augen gefesselt. Doch er genießt diese neue Gefangenschaft. Wie eine Erlösung aus langem Herumirren. Plötzlich reißt das Tau, das ihre Blicke zueinander zog. Hans schnellt benommen auf sein Fenstersims zurück. Dann folgt er ihrem Blick.

Ein gepanzerter Kastenwagen rangiert vor der Dresdner-Bank-Filiale hin und her. Schließlich findet er eine Lücke in zweiter Reihe und fädelt ein.

Als sich Hans wieder der Beobachterin zuwendet, prallt sein Blick gegen eine bläulich verspiegelte Sonnenbrille und verwehrt ihm den Zugang zu ihren Augen. Die Beobachterin sieht prüfend auf ihre Armbanduhr und kritzelt in einen kleinen Block, den sie schützend in der linken Handfläche hält.

Zwei bewaffnete Wachmänner klettern aus der Kabine. Beide aus der Beifahrertür. Einer baut sich vor dem Heck des Wagens auf. Der andere öffnet die Klappe und kriecht hinein. Gleich darauf erscheint er wieder. Er hat jetzt einen Metallkoffer in der Hand. Der andere Wachmann lässt die Heckklappe zuschnappen. Beide gehen zügig auf den Bankeingang zu und verschwinden im Innern der Filiale. Die Warnblinkanlage des Transporters sputzt rhythmisch gelbe Lichttupfen in den vorbeiquellenden Verkehr. Hans Schreiber reckt seinen Kopf weiter aus dem Fenster. Die Scheiben des Fahrzeugs sind stark getönt. Hans kann nicht erkennen, ob noch ein Dritter in der Fahrkabine wartet.

Er wundert sich, warum ihn das interessiert.

Die Beobachterin scheint sich nicht mehr um ihn zu kümmern. Sie ist mit ihren Aufzeichnungen beschäftigt. Dabei schlendert sie betont unauffällig auf und ab. Dreht sich auf dem Absatz ihrer Sandalen.

Hans verliert sich in den fließenden Bewegungen ihres Körpers.

Wieder folgt er ihrem Blick.

Die Glastür der Bankfiliale öffnet sich. Die zwei Wachmänner nähern sich dem Transporter. Ein dritter Mann folgt ihnen. Hans, der ein mageres Konto in dieser Filiale besitzt, erkennt Herrn Kaiser, den Filialleiter. Jetzt trägt er den Metallkoffer. Oder einen anderen gleicher Größe. Er begleitet die beiden Wachmänner zu ihrem Kastenwagen. Wieder schwingt die Hecktür nach oben. Herr Kaiser übergibt den Koffer einem der Wachmänner. Der schiebt ihn ins Wageninnere.

Die Beobachterin schreibt weiter in ihre Handfläche. Winzige Autos gleiten über ihre Sonnenbrille. Sie schiebt ihr Kinn seitlich nach oben. Sie hustet.

Ein Metallkoffer wird gebracht und ein anderer abgeholt, stellt Hans fest. Vielleicht ist es auch derselbe.

Wenn ja, wann war Geld in dem Koffer? Als er gebracht oder als er abgeholt wurde? An der Art des Tragens war nicht zu erkennen, ob er beim Heraustragen schwerer war, oder an Gewicht verloren hatte.

Wieder wundert sich Hans Schreiber über sein Interesse an diesen Details.

Die Wachmänner nicken Herrn Kaiser zu, steigen beide durch die Beifahrertür wieder ins Wageninnere und manövrieren das Fahrzeug aus der Lücke.

Eigenartig, denkt Hans, beide steigen bei der Beifahrertür ein. Gibt es vielleicht doch einen Dritten? Warum rückt er nicht zur Mitte, dass seine Kollegen auf beiden Türen einsteigen können? Oder ist er der Fahrer? Vielleicht ist die

Fahrertür defekt? Andererseits war es natürlich leichter durch die Beifahrertür aus- und einzusteigen, als auf der dem Verkehr zugewandten Fahrerseite.

Der Transporter verschwindet in Richtung Schellingstraße.
Herr Kaiser marschiert wieder in die Bank zurück.
Die Frau im Overall schaut auf ihre Armbanduhr. Hans dreht sich nach seinem Wecker um. Es ist zwei Minuten nach elf.
Diese Frau steht nicht zufällig da und macht sich Notizen. Was hat sie vor?
Was mache ich hier eigentlich? Was geht mich das alles an? Warum beobachte ich Geldtransporter und Frauen, die Geldtransporter beobachten?
„Schreib einen Kriminalroman!" wispert ihm die 'Continental' zu, „er spielt sich direkt unter deinem Fenster ab. Das ist deine Chance! Du musst nur mitschreiben! Schreib einen Krimi!"
„Einen Krimi, einen Krimi!" äfft Hans hinterher.
Wütend schiebt er die Maschine beiseite und schaut auf die andere Straßenseite hinüber.
Die Beobachterin ist von der Türkenstraße verschwunden.

3.

Karla drückt auf den Klingelknopf und fast gleichzeitig wird die Tür aufgerissen.

„Na endlich! Wir dachten schon…"

Karla legt sich behutsam eine widerspenstige Haarsträhne hinter ihr Ohr.

„Hallo Alex!"

Sie schiebt den bärtigen Mann beiseite, der ihr den Eingang verstellt und wirft ihren Notizzettel auf das Garderobentischchen im Korridor.

„Ich habe alles aufgeschrieben, da!"

Ihre Stimme ist fest und bestimmt, gewohnt, in einer Welt zu unterbrechen, in der nur Männer reden.

„Morgen gehe ich wieder hin. Obwohl ich's für sinnlos halte."

Der mit Alex Angesprochene steht immer noch sprungbereit. Gebückt und mit von sich gestreckten Armen füllt er den Türrahmen. Es sieht komisch aus.

Überall in seinem Gesicht sind Haare. Auf seinem Kopf sind es weniger. Sein sehniger Hals klemmt in einem zu engen Bauernhemd. Seine Hose, eine Mischung aus Maler- und Pluderhosen baumelt um lange dürre Beine. Seine nackten Füße stecken in Holzclocks.

„Hat dich wieder einer dieser Schwabinger Muftis angemacht, die überall um die Uni herumlungern?"

Er stößt die Worte dozierend durch seinen zotteligen Bart.

Schwarze Knopfaugen mustern sie spöttisch. Erst als Karla in der Wohnküche angelangt ist, wirft Alex die Eingangstür zu und schlappt hinter ihr her.

Die Küche ist verwildert und stinkt nach kaltem Rauch. In einem Gewirr von Skizzen und Notizen sitzt Robert. Es könnte Bukowski sein. Erst auf den zweiten Blick sieht er jünger aus.

Robert brummt etwas Unverständliches.

Karla beäugt sich in der milchigen Fensterscheibe.

Sie fischt eine Zigarette aus dem Papierhaufen auf dem Tisch, dreht sich wieder dem Fenster zu und bläst Rauchkringel gegen ihr gläsernes Gesicht. Als sie sich brüsk von ihrem trüben Abbild abwendet, steht Alex vor ihr, fasst sie um die Taille und drückt sie an sich.

„Du kommst rein, wirfst einen Zettel auf den Tisch und hüllst dich in Schweigen. Was soll die Geheimnistuerei?"

Karla windet sich aus seinen Händen.

„Lass deine Finger von mir! Und erspar mir deine Anspielungen! Es reicht, dass Ihr den ganzen Tag in meiner Wohnung herumlungert und sie mehr oder weniger in einen Schweinestall verwandelt."

Robert grinst.

„Und Du, großer Physiker, nimm ruhig den Blick von meinem Körper!"

Sie presst beide Hände an ihre Schläfen.

„Ich rede gegen eine Wand!" sagt Karla entmutigt.

„Ich würde sagen, gegen die Fensterscheibe," bemerkt Alex.

Karla bewegt sich wieder auf den Küchentisch zu.

„Ich erachte die Beobachterei für überflüssig. Es ist eher auffällig. Vielleicht werde ich sogar beim Beobachten beobachtet."

„Du sollst beobachten und wirst beobachtet? Das klingt ziemlich verquer. Findest du nicht auch?"

Karla winkt ab und verlässt ihre Küche. Sie spürt die Blicke der beiden Männer auf ihren Bewegungen.

„Übrigens, die einzigen Typen, die fortwährend in meinen Overall kriechen wollen, das seid ihr. Ich wünschte ihr würdet es aufgeben - er ist mal gerade eng genug für mich selbst!"

„Das ist allerdings richtig!" bestätigt Alex.

4.

Hans Schreiber hat die ganze Nacht geschrieben. Jetzt pliert der Morgen diesig durch das verhängte Fenster. Missmutig betrachtet Hans den säuberlich neben seiner Schreibmaschine aufgeschichteten Stapel beschriebener Seiten.

Er legt die Blätter einzeln vor sich hin. Streicht und kritzelt mit einem Winzlingsbleistift zwischen den Zeilen. Legt die Seiten wieder zurück auf den Stoß. Verliert sich in Grübeleien. Das Schreiben, das ihm die 'Continental' stets als seine eigentliche Lebensbestimmung vorgeheuchelt hat, offenbart sich ihm immer wieder als ein Zusammenspiel von Tücken und Unberechenbarkeiten.

Wie wird der Überfall ablaufen? Wird die Bank überfallen? Oder der Geldtransport? Findet denn tatsächlich ein Überfall statt? Oder gibt es ihn nur in seiner Vorstellung? Was andererseits würde das für ihn ändern? Der Überfall kann sich ebenso gut in seinem Kopf entwickeln. Für seine Geschichte ist dies ohne Bedeutung. Sie benötigt keinen Bezug zu einem realen Ereignis.

Und was ist mit den Augen?

Diesen Augen, in deren Tiefen er herumgeirrt ist. Gehören sie zur Wirklichkeit dort draußen? Oder zu der in seinem Kopf eingeschlossenen Welt?

Jäh spürt er sein Ausgeschlossensein von der Welt um ihn herum, sein Eingeschlossensein in sich selbst. Seine Einsamkeit trifft ihn mit geballter Wucht.

Hastig reißt Hans den Vorhang beiseite.

Schlierige Dämmerung verdrängt die Dunkelheit aus den Häuserschluchten. Der Tag auf der Türkenstraße hat begonnen.

Mit trüben verengten Augen starrt er in die von ihm abgetrennte Welt unter seinem Fenster. Doch seine Sinne sind angespannt und wach. Die Gehwege sind vollgepackt mit Regenschirmen, unter denen Hans Menschen vermutet. Aufmerksam beobachtet er die Bankfiliale

Es nieselt.

Die Schirme flattern wie träge Fledermäuse dicht gedrängt über die Gehwege.

Warum hat sie sich nur diese stets verstopfte Straße für einen Überfall ausgesucht? Keine Chance zur Flucht. Freilich hätten es auch Verfolger schwer, hier durchzukommen.

„Dir kann es egal sein," ermahnt ihn das Ungeheuer, „ob dieser Überfall klappt oder schiefgeht ist für deinen Bericht bedeutungslos. Du bist nur der Berichterstatter."

Es ist ihm nicht egal, stellt Hans fest.

Er hat Partei ergriffen. Er sympathisiert mit den Räubern.

Sein Blick wandert über die zappelnden Schirme unter seinem Fenster. Bemüht sich vergeblich unter sie zu kriechen. Die auf- und abwippenden Acht-, Zwölf- und Sechzehnecke verschwimmen vor seinen müden Augen. Wie winzige Nadeln stichelt der Nieselregen auf seine Arme. Auf seinem Handrücken bilden sich farbig schillernde Tröpfchen.

Karla nimmt ihren Regenschirm von der Garderobe und poltert die Treppen hinunter.

Auf die Blütenstraße empfängt sie „Münchner Regen". Eine Art feinädriger Dauerregen ohne besondere Höhepunkte. Sie spannt ihren Schirm auf und trottet an den links und rechts parkenden Autos entlang. Der Gehweg ist glitschig. Sie schlittert gegen verschiedene Seitenspiegel. Sie beugt sich unter die dunkle Schirmfläche und schimpft in sich hinein.

Wie konnte ich mich nur auf ein Verbrechen einlassen?

Verwirrt bleibt sie inmitten der hin und her wuselnden Passanten stehen. Das Wort bäumt sich in ihr auf und hallt in ihrem Kopf nach.

Verbrechen.

Sie findet es weder abstoßend noch erschreckend. Eher befremdend. Es fühlt sich beunruhigend an. Nicht beängstigend. Nicht bedrohlich.

Karlas Müdigkeit ist verflogen.

Unruhig schwappt sie in ihren nassen Sandalen über den glittrigen Gehweg. Die Autoschlangen vor den Rotampeln werden länger. Karla duckt sich unter ihren Schirm, tritt in Pfützen.

Noch einmal klopft das faszinierende Wort an ihre Gehirnwände.

Verbrechen.

Das Wort dringt in sie ein und starrt sie herausfordernd an. Wie aber passt es zu ihrem Bild von einer besseren Welt? Verbrechen können niemals ein probater Baustein für die Gründung einer neuen Gesellschaft sein.

Noch einmal schmeckt Karla diesem ungeheuerlichen Wort hinterher. Eine unbekannte prickelnde Lust ist in ihr erwacht. Kriecht in ihr Denken, nimmt Gestalt an.

Die kritische Karla Maar, wird etwas gänzlich Verruchtes tun. Karla Maar, die einzige Tochter des großen Maar, der die Welt allenthalben vom Schmutz befreit, plant ein Verbrechen.

Sie sucht nach einer Rechtfertigung, nach höheren Motiven. Findet keine.

Sie sieht ihren Vater vor sich, wie er bei ihrer Festnahme verständnislos immer wieder den Kopf schüttelt.

Hat sie es nicht immer gutgehabt? Keine Existenzsorgen. Eine intakte Familie. Unmittelbar nach dem Verlassen des Mutterbauchs, hat sie den Maarweg angetreten. Der bereits geebnet vor ihr lag. So wie ihn auch ihre Mutter nach ihrer Heirat betreten haben musste. Geradlinig, ohne Hindernisse. Vorgezeichnet bis zu ihrem letzten Atemzug. Es gab nur diesen einen Weg für eine Maar. Sie konnte auf ihm schlendern, ihn durchlaufen. Oder zögerlich mit innerlicher Abwehr auf ihm dahinzuckeln. Gehen musste sie ihn. So oder so. Der Weg war vorgezeichnet. Die Gangart war das Einzige, was sie selbst beeinflussen konnte. Alles andere war vorgegeben. Die eingespielten Regeln der Familienhierarchie ließen sie nach und nach zu einer Marionette verkommen. Dezent im Hintergrund lächelnd. Stolz nach außen. Gefügig nach innen. Sich stets demütig der Gnade bewusst, für den Eintritt in die große Maar-Dynastie für wert befunden zu sein.

Schon am Tag von Karlas Geburt verschwand ihre Mutter aus ihrem Leben. Natürlich war sie weiterhin da. Sichtbar. Stets in ihr unnahbares Lächeln gehüllt. Aber nicht greifbar. Sie avancierte zu einem wertvollen Einrichtungsgegenstand. Füllte die Lücke, die die Maar-Welt generös für sie freigehalten hatte. Dort steht sie nun. Brilliert äußerlich, resigniert innerlich. Verstaubt, ohne dass jemand davon Kenntnis nimmt.

Nein! Diesen Weg wird Karla Maar nicht weitergehen. Sie wird etwas völlig Undenkbares tun. Noch einmal lauscht sie in den Klang der provozierenden Worte, von denen eine befremdliche Lust auf sie übergeht. Ein fast wollüstiger Reiz, der immer mehr Besitz von ihr ergreift.

Verbrechen. Überfall. Ein Überfall auf die uneinnehmbar scheinende Maar-Bastion. Ein Überfall auf ihr eigenes vorbestimmtes Leben.

Inzwischen ist sie in der Türkenstraße angekommen. Unerwartet hört es auf zu regnen. Die Sonne lugt zwischen den Wolken vor. Übergangslos stürzt bleierne Schwüle in die dampfenden Straßenschluchten.

Hans Schreiber beobachtet die Welt unter seinem Fenster. Er hält eine Teetasse in seiner Hand. Es ist kurz vor elf. Aus der Wohnung unter ihm dudelt ein Radiosender unermüdlich gleichförmige Musik. Die Autodächer glänzen im Nieselregen. Noch immer verbergen geöffnete Schirme die Gesichter der Fußgänger. Das Nieseln ist in dicke Tropfen übergegangen.

Dann hört der Regen schlagartig auf. Ein greller Sonnenstrahl schießt in die Türkenstraße. Schirme werden geschlossen und geschüttelt. Augen spähen darunter hervor und blinzeln misstrauisch in das weißkonturierte Wolkenloch über den Dächern.

Übernächtigt wühlt Hans in seinen Gedanken. Sein Kopf scheint zu glühen. Er berührt seine Stirn. Nein, Fieber ist es nicht, das seine Gedanken lenkt und im Kreise führt. Dennoch spürt er, wie sich immer mehr Hitze in ihm ausbreitet. Verstört blinzelt Hans zum Bankeingang. Kunden kommen und gehen. Die Türkenstraße ist wie immer verstopft. Vergeblich suchen Fahrer nach Haltemöglichkeiten. Ein Auto parkt in zweiter Reihe. Ein Mann mit breitkrempigem Hut und Aktentasche steigt aus, läuft in die Bank. Eine Politesse schlüpft zwischen den Autos hindurch, schiebt einen Strafzettel in einer Plastikhülle unter den Scheibenwischer. Sie trägt ein blaues Hütchen, das ebenfalls in Plastik verpackt ist. Der Mann mit Hut kommt aus der Bank zurück, sieht den Strafzettel, schaut sich ein paarmal um, steigt in seinen Wagen, wirft den Strafzettel aus dem Fenstert und stößt mit einem Ruck aus der verbotenen Parklücke.

Hans versinkt in abenteuerlichen Visionen.
Da unten wird ein Überfall geplant. Er ist Mitwisser eines Verbrechens. Womöglich gibt es Verletzte? Gar Tote? Er sieht sich den Bankraum betreten und über Leichen stolpern. Blutrinnsale bahnen sich ihren Weg zwischen den leblos herumliegenden Körpern. Gespenstische Stille liegt über der Szene. Der Deckenventilator verweht einzelne Geldscheine. Hans spürt die nach unten ventilierte Luft in seinem heißen Nacken.
Er macht sich mitschuldig an einem Mord.
Mord?
Die Grenze zwischen Wirklichkeit und Vorstellung fängt an sich zu verwischen. Die Geschichte eines Überfalls ist nicht schon der Überfall selbst. Wenn aber nun doch ein Überfall stattfindet? Nicht jeder Überfall führt zu einem Mord. Aber er kann in einem Blutbad enden. Ein Blutbad, das er verhindern kann, wenn er nicht verschweigt, was er sieht.

Was sieht er denn?

Eine Frau, die periodisch auf der Türkenstraße auftaucht und sich Notizen macht. Ist das schon ein Hinweis auf einen Überfall? Auf ein daraus resultierendes Blutbad?

Hans streicht mit der flachen Hans über sein Gesicht. Er presst die Lider aufeinander.

Alles findet nur in meinem Kopf statt.

Als er seine Augen wieder öffnet, zerrt ihn ihr Blick von seinem Fensterbrett. Willenlos lässt er sich der schwindelnden Tiefe entgegenfallen. Doch ehe er bei ihr ankommen kann, öffnet Karla ihren Regenschirm wieder. Auch andere Schirme öffnen sich. Passanten hetzen unter Vordächer. Schwere Regentropfen prasseln auf die Türkenstraße und biegen die Schirmflächen nach unten.

5.

Hans Schreiber ist Student. Doch er studiert nicht.
Die Vorlesungen scheinen ihm zu trocken. Die Seminare
zu zäh. Zu viele unerfüllte Wünsche lagern auf dem Grund
seines Seins. Wünsche, die unerreichbar für ihn sind. Weil
sie in Selbsttäuschungen fußen, auf deren Bodensatz ihn
Enttäuschungen erwarten, die Hans aber nicht als not-
wendige Folge seiner Illusionen wahrnimmt. Er hadert mit
dem ihm übelwollenden Schicksal. Verkriecht sich immer
mehr unter seiner Glaskuppel, hinter deren sicherer Hülle
er die Welt beobachtet. Ohne an ihr teilzuhaben. Gleich
die ersten Niederlagen haben ihn aus der ihn einkreisenden
Wirklichkeit vertrieben. Seither hat Hans es nie mehr so
richtig gewagt, einen Fuß in diese Welt zu setzen.
Überzeugt davon, dass sie ihn ohnehin nur neuerlich er-
nüchtert hätte. Sein Interesse gilt nur dann dieser Welt,
wenn er sie mit der in ihm selbst konstruierten in Einklang
zu bringen vermag.
Und dennoch sehnt er sich nach einer Berührung mit dem
Leben da draußen.
Diese, so meint Hans, müsste jedoch ohne sein Zutun und
vor allem von Seiten der Welt stattfinden. So sitzt er in
seiner kleinen Bude über der Türkenstraße und wartet
darauf, dass die Welt auf ihn zukäme.
Sein Äußeres steht im krassen Widerspruch zu seinem
Wesen.
Hans Schreiber ist groß und muskulös. Sein fülliges Haar
fällt in lockigen Strähnen um sein kantiges Gesicht. Nur
um seinen Mund spielt eine Mischung aus Bitterkeit und
spitzer Intelligenz, die ihn innerlich lähmt und aufreibt.
Das Auffallendste an ihm sind seine Hände. Sanfte Hände.
Und dennoch die Hände eines Mannes, der zuzugreifen
weiß.
Doch Hans greift nicht zu.
Er träumt.

Er träumt von einem Erfolg, der ihm das Tor zur Welt öffnen möge, die sich so hartnäckig vor ihm zu ver schließen scheint. Ihm wird nicht bewusst, dass er es ist, der sich von innen dagegenstemmt, um sich vor ihr abzuschirmen. Seine Vorstellung, freilich, wie sich der seinem Leben hin öffnende Erfolg auszusehen habe, ist unbestimmt. Ein eindringlicher Impuls drängt ihn an seine Schreibmaschine. Die ihn mit einem höhnischen Grinsen empfängt und ihn sich selbst überlässt.

Hans fühlt sich in sein eigenes Leben eingemauert. Er hat keine Kontakte. Keine Freunde. Seine störrische Verschlossenheit stößt auf Unverständnis. Frauen fühlen sich von seinen tiefgründig traurigen Augen angezogen. Doch seine Beziehungen sind nie von langer Dauer. Er schottet sich ab. Übrig bleibt eine Eigenbrötlerei, der im löcherigen Morast seiner Teilnahmslosigkeit versinkt und jeden, der sich ihm nähert mit hinein zu zerren droht. Statt die Tür zur Außenwelt aufzustoßen, verharrt Hans in der Betrachtung.

Nur am Wochenende, wenn er Taxi fährt, betritt er vorübergehend die Bühne der Wirklichkeit.

Hans Schreiber wischt sich den Schweiß von der Stirn.

Er ahnt, dass die ersehnte Veränderung von außen scheitern muss, solange sein Interesse ausschließlich ihm gilt. Solange er die Menschen dort draußen unter seine eigene Regie stellt und sie wie Marionetten auf seiner eigenen Bühne tanzen lässt. Freilich kann er die Außenwelt nur über seine Sinne gefiltert aufnehmen. Dies Schicksal teilt er mit allen Menschen. Doch Hans demontiert die Wirklichkeit während er sie in sich aufnimmt. Und schafft sie in sich wieder neu. Lässt sie wie ein Karussell an den Rändern seiner Aufmerksamkeit um die Achse seiner eigenen Bedürfnisse und Vorstellungen rotieren. Kommt nicht mit der Außenwelt in Berührung.

Sein Gedankenkarussell ist wieder auf der Türkenstraße angekommen. Verweilt dort. Streift die Möglichkeit eines Überfalls.

Hans erschrickt.

Die Möglichkeit ist für ihn längst zur Gewissheit geworden ist. Er ist überzeugt, da unten wird ein Überfall geplant. Er weiß es. Und obwohl er es weiß, tut er nichts. Vielleicht ist Herr Kaiser heute Abend schon tot. Und er, Hans Schreiber, trägt Mitschuld daran.

Und schon springt ihm die 'Continental' zur Seite.

„Du hast nicht das Geringste damit zu tun. Und überhaupt, was geht dich der Filialleiter an? Täglich gibt es zahlloser solcher Überfälle. Nur weil du gerade zufällig aus dem Fenster schaust, fühlst du dich für diesen verantwortlich. Überschätzt du nicht maßlos deine Wichtigkeit? Statt dich mit schalen Gewissensbissen herumzuplagen, solltest du die Gelegenheit nützen! Der Überfall, so er denn überhaupt stattfindet, das ist deine Chance! Du bist Berichterstatter. Sonst nichts. Nüchterner distanzierter Berichterstatter. Deine Aufgabe ist, dies alles niederzuschreiben!"

Hans zaudert.

Gibt es das überhaupt? Kühles unbeteiligtes Aufzeichnen der Wirklichkeit?

Verwirrt schiebt er die Maschine von sich.

Das Ungeheuer führt ihn an der Nase herum.

Was ich beobachte, nistet sich in mir ein. Die Distanz löst sich dadurch auf. Welt strömt in mich. Ich verändere sie, indem ich sie wahrnehme. Sie wird zu einem Teil meiner eigenen inneren Welt. Die ich in Buchstaben und Worte verwandele. Und wieder bleibt die eigentliche Welt draußen. Und ich von ihr abgetrennt. Und immer so weiter. Hans gerät in eine Sackgasse.

2

Der Plan

1.

Auch Karla Maar ist an der Ludwig-Maximilian-Universität immatrikuliert. Und auch sie studiert nicht. Sie belegt die Fächer Kunstgeschichte und Romanistik. Besucht jedoch weder Vorlesungen, noch nimmt sie an Seminaren teil. Ihr Studium ist ein fauler Kompromiss ihren Eltern gegenüber, die es schick fänden, wenn ihre Tochter in Kunstgeschichte promovierte. Doch Karla denkt nicht daran, sich auf irgendwelche Prüfungen vorzubereiten. Die Universität dient ihr nur als Vorwand, sich an Demonstrationen zu beteiligen. Leidenschaftlich beteiligt sie sich an jeder Art von Auflehnung gegen das System, wie sie es nennt. Nach ihrer Meinung müsste so ziemlich alles exakt auf den Kopf gestellt werden. Oder auf die Füße. So wie Marx es mit Hegel versucht hatte. Freilich mit zweifelhaftem Erfolg, wie Karla findet.

Doch auch sie kann mit keiner besseren Welt aufwarten. Ihre Vorstellungen davon haben allenfalls Modellcharakter. Münden in Utopien. Sie weiß, dass ihre Beteiligung an den kleinen geduldeten Empörungskampagnen nicht zu Veränderungen führen, wie sie es sich vorstellt. Wiederholt war sie Zeuge, wie dieses friedliche Aufbegehren in Gewalt umschlug. Trotzdem weist Karla alle daraus resultierenden Einflüsterungen zu anarchischen Attacken ab. Unrecht kann nicht durch Unrecht beseitigt werden. Gewalt nicht durch Gegengewalt. Das führt zu einer sich verselbständigenden Verkettung von Vergeltungs- und Racheaktion, aus der es kein Entrinnen mehr gibt.

Das entspricht nicht Karlas Vorstellung von ihrem Traumstaat.

Unbeirrt nimmt Karla an Demonstrationen teil. Schließlich könnte jede Demonstration, an der sie sich beteiligt, ein kleiner Schritt zu einem neuen Anfang sein.

Sie ist sich ihrer Privilegien bewusst. Ohne den großen Maar im Hintergrund würde sie vermutlich keine Zeit für

Demonstrationen aufbringen. Müsste sich mit Jobs herumschlagen. Um sich ihr Nichtstudium leisten zu können.

Alex und Robert hat sie auf einer Demonstration kennengelernt. Gegen Kernkraftwerke.

Alles begann friedlich. Als der Demonstrationszug am Platz der Münchner Freiheit auf zunehmende Polizeipräsenz stieß, wuchs die Spannung in den Reihen der Demonstranten. Plötzlich waren die Polizisten überall. Es war wie im Märchen ,Der Hase und der Igel'. Wie die Igel schossen die Uniformierten aus dem Boden. Und dann schossen sie ohne jede Vorwarnung mit Wasserwerfern, die sie ringsum den Platz postiert hatten. Wo sich Karla auch hindrehte, immer wieder tauchte noch eine Uniform auf.

„Ich bin schon da!" sagte der Igel.

Und schon begann die Hasenjagd.

Die Polizisten schlugen auf die ein, die sich wehrten. Und auf die anderen auch.

Karla Maar war schon auf unzähligen Demonstrationen, aber so war es noch nie gewesen. Die Beamten stürmten mit so unnachgiebiger Gewalt gegen die bislang friedlichen Demonstranten vor, als ginge es um einen Präventivschlag gegen einen Todfeind.

Obwohl sie die Gesichter der Polizisten nicht sehen konnte, spürte Karla die Wut hinter ihren Masken. Die Uniformierten pflügten durch die Menge der Demonstranten. Einige bekamen Angst und wollten davonlaufen. Aber sofort erschien eine neue Maske, ein neuer Knüppel...

„Ich bin schon da!"

Die Hasen liefen gegen sich selbst, erschöpften sich, ohne entrinnen zu können. Die Polizisten zogen ihren Kreis immer enger zusammen.

Karla sah nur noch Masken. Und Panik in den Gesichtern der Demonstrierenden. Diese Panik machte Karla Angst. Bald würde sie in Gegengewalt umschlagen. Das wusste

Karla. Während sie sich verzweifelt eine Gasse aus der Einkesselung suchte, sah sie, wie einer der Demonstranten einen Pflasterstein aufhob.

„Du Idiot! Du verdammter Narr!" schrie Karla, „die warten doch nur auf so einen Anlass..."

Doch die Polizisten brauchten längst keinen Anlass mehr. Sie hatten ihn von Anfang an nicht nötig.

Karla sah eine Wasserfontäne auf sich zu kommen. Sie krümmte sich zusammen. Das Wasser prallte kalt und schwer gegen ihren Rücken, schleuderte sie gegen eine Gruppe Demonstranten, die ihrerseits von einer weiteren Fontäne vom Platz gespült wurde.

Karl schrie und rang nach Atem.

Eine junge Mutter krabbelte hinter ihrem Kind her, das wie ein Ball von immer weiteren Fontänen von ihr weggerollt wurde. Karla sah, wie sie verzweifelt ihren Mund öffnete. Doch ein herantobender Wasserschwall erstickte ihre Stimme. Ohnmächtig kugelte sie ihrem Kind hinterher.

Ein beißender Schlag fuhr Karla über den Rücken. Wütend drehte sie sich nach dem Verursacher um. Da traf sie der nächste Hieb an der Schulter. Sie riss den Kopf hoch und sah sich umgeben von Gummiknüppeln und Masken. Einer der Knüppel pfiff direkt auf ihr Gesicht zu.

Karla zog ihren Kopf ein und rammte ihn gegen den Bauch des Polizisten. Aber da war kein Bauch. Karla taumelte von dem harten Plastikschild zurück. Ein weiterer Knüppel klatschte auf ihre Oberschenkel.

„Ihr Schweine! Ihr feigen Schweine!" schrie Karla. Mehr aus Wut als vor Schmerz.

Von allen Seiten sirrten Knüppel. Karla legte ihre Hände abwechselnd schützend über ihren Kopf und ihren Hintern. Der nächste Hieb traf sie in den Kniekehlen. Karla sackte zusammen. Sie fühlte sich von vier kräftigen Händen gepackt, aus dem Handgemenge gerissen und im Laufschritt davongeschleift. So sehr Karla auch strampelte und kreischte, zwei Männer hatten sie in die Mitte genommen und entfernten sich schnell aus den Kampf-handlungen.

Sie erreichten einen grauen Opel Kadett unbestimmbaren Baujahrs. Einer der beiden riss die Tür auf. Sie stopften Karla, die immer noch um sich schlug, in den Wagen. Der Motor kam sputzend und qualmend in Gang und sie fuhren über Nebenstraßen aus dem Stadtzentrum.

Robert lenkte den Wagen schnell und sicher aus der Gefahrenzone. Alex versuchte ihn vor Karlas Schlägen abzudecken. Doch ihr ohnmächtiger Zorn legte ungeahnte Kräfte in ihr frei. Schließlich musste sich Alex selbst vor ihren Zähnen und Krallen hüten. Robert fuhr unbeirrt weiter.

„Ihr verdammten Bullen, lasst mich los! Lasst mich sofort hier raus! Ich bin, ich bin...“

Nein! Sie biss sich auf die Lippen. Die Genugtuung durfte sie sich nicht gönnen.

Und sie kratzte und strampelte.

Schließlich krachte der Kadett hart gegen eine Bordsteinkante und hopste auf einen übervölkerten Gehweg. Einige Fußgänger sprangen fluchend beiseite.

„Verdammt, Alex, mach endlich was!“

Alex packte Karla jetzt grob am Hals und drehte ihren Kopf mit festem Griff zu sich hin. Karla spuckte ihm ins Gesicht. Alex grinste, ließ den Speichel unbeeindruckt von seiner Wange in seinen Bart rinnen. Und noch ehe er was sagen konnte, wandte sich Robert um und sagte:

„Jetzt Pass mal auf, Mutter, wir haben zur Kenntnis genommen, dass du dich wehrst. Und du machst es gar nicht schlecht! Soviel rüde Kraft in einem so hübschen Körper! Aber vielleicht solltest du klarsehen, bevor du uns verächtlich bespuckst!“

Robert hat damals schon seine Jahresration verquatscht.

Karla funkelte die beiden in fassungsloser Wut an.

„Lasst mich los, ihre perversen Schweine! Lasst mich sofort los!“

Alex erkannte, dass Karla jetzt weder aufnahme- noch gesprächsbereit schien. Ihr Speichel hatte sich bereits in seinen Barthaaren verfangen. Er betrachtete sie schweigend, ohne seinen Griff zu lockern.

Robert versuchte den Kadett aus dem Gewühl der aufgebrachten Fußgänger zu befreien. Der Wagen kratzte knirschend über die Bordkante und bog in die nächste Nebenstraße. Robert drückte den Gashebel nach unten. Der Wagen raste über die unbelebte Straße.

Karla vergaß ihre Wut und klammerte sich an Alex' Händen fest, die immer noch ihren Hals umfassten. Noch nie hatte sie einen Kadett so schnellfahren sehen. Und Robert beschleunigte immer noch weiter, während er Karla im Rückspiegel beobachtete und zu seiner nächsten Jahresration an Worten ansetzte:

„Endlich! Ich sehe schon, du gehörst zu denen, die etwas länger brauchen. Statt friedfertige Demonstranten zu zerkratzen, solltest du in Zukunft deine Flüche an die richtige Adresse schicken! Sie steht in jedem Telefonbuch auf den ersten Seiten."

Er raste noch ein paar Minuten auf der menschenleeren Riesenfeldstraße in die zunehmende Dämmerung hinein. Wohnblocks lugten zwischen Parkanlagen hervor.

Robert bremste so ruckartig, dass Alex Karlas Hals losließ und mit seinem Kopf gegen die Frontscheibe stieß, während Karlas Kehlkopf auf die Nackenstütze prallte.

Robert riss die Autotür auf. Karla würgte.

„So und jetzt kannst du aussteigen! Keiner von uns will was von dir, igitt! Komm, hau schon ab!"

Karla schaute hilflos um sich.

Nach und nach fand sie wieder zu sich selbst zurück. Ihr ganzer Körper schmerzte. Besonders dort, wo ihn die Knüppel getroffen hatten. Sie spürte ihren Hals anschwellen und rang nach Luft.

Ihr Blick schweifte durch das Innere des Wagens.

Keine Uniformen. Kein Funk. Kein Telefon. Auch keine Handschellen.

Sie musterte die beiden Männer und den klapprigen Opel Kadett.

Das waren auch keine Zivilbullen.

Robert stand immer noch wartend an der offenen Wagentür.

Karla würgte und schluckte.

„Okay," sagte sie heiser," okay, okay, okay!"

Sie stieg aus, streckte beide Hände abwehrend von sich.

Und entfernte sich stolpernd rückwärts.

„Ich wohne in der Blütenstraße Nummer vier. Kommt doch mal auf eine Tasse Tee vorbei!"

Dann drehte sie sich um und ging mit schnellen Schritten davon. Ihre Beine brannten und in ihrem Rücken tobte ein stechender Schmerz.

Nach ein paar Metern schaute sie nochmal zurück.

„Danke!" rief sie mit belegter Stimme.

„He, warte! Wo sollen wir denn klingeln? Blütenstraße. Da wohnen doch wohl noch andere außer dir im Haus?"

Karla spürte, wie Ihr Kehlkopf mehr und mehr anschwoll und ihre Stimme weg sank.

Sie legte ihre Handfläche um den Mund und krächzte:

„Klingelt bei Maar!"

„Der Waschmittel-Maar? Du bist die Tochter von dem Waschmittelfritzen?" schrie Alex entsetzt.

Aber Karla hörte ihn nicht mehr. Sie war hinter dem nächsten Häuserblock verschwunden.

„Was war denn mit dir los, Robert? Du hast ja geredet wie ein Buch!"

„Wenn du nichts sagst. Einer musste es ja sagen, was gesagt werden musste."

2.

Wenige Tage nach ihrer Befreiung aus der Demonstration tauchten Alex und Robert grinsend vor ihrer Wohnungstür auf.

„Passt's?" grunzte Alex.

Karla lächelte verlegen.

„Tee habe ich allerdings keinen da!"

Alex schielte durch sein Haargemenge auf Robert hinunter.

„Bist du wegen Tee gekommen?"

Robert hob die Schultern.

Karla betrachtete die beiden Männer skeptisch. Sie wirkten ungepflegt und rochen. Und während sie noch überlegte, ob sie sie näher an sich ranlassen wollte, sagte sie:

„Kommt rein!"

Die beiden trotteten hinter ihr her, ohne sich die Schuhe abzustreifen oder gar auszuziehen. Sie tasteten sich durch einen für Altbauwohnungen typischen dunklen nutzlosen Gang und gelangten in eine kleine Wohnküche, dem Zentrum ihrer Wohnung.

Karla sagte noch:

„Die Wohnung ist zu klein mit ihren zwei Zimmern."

Ja, sie sei klein, in der Tat, auch ein bisschen schäbig, bestätigte Alex ohne Umschweife.

„Man muss doch nicht etwa noch Kohle für so ein Loch abdrücken?"

Karla lachte.

„Zum Glück gibt es diese Wohnküche."

Ja, zum Glück, brummte Alex, während Robert einen Stuhl zu sich heranzog und Platz nahm. Auch Alex macht es sich bequem, während Karla herumhantierte.

Da sie zum Tee geladen waren und es keinen Tee gab, blieben sie ganz da und richteten sich bei Karla ein. Und Karla ließ sie gewähren. Sie wusste selbst nicht, warum sie es zuließ.

Nach wenigen Tagen begann Alex mit seiner Idee vom Überfall.

Es dauerte bis Karla merkte, dass er nicht blödelte. Es kam irgendwie alles so beiläufig über seine Lippen, dass sie nicht recht wusste, was sie davon halten sollte.

Er habe da jemanden getroffen, in irgendeiner dieser Alternativkneipen.

„Du weißt schon, die sich das schlecht eingeschenkte Bier besonders teuer bezahlen lassen, und wo die Bedienungen es als einen Akt der Gnade empfinden, dass du überhaupt was bei ihnen bestellen darfst. Er war früher mal Wachmann. Hat Geldtransporte begleitet. Ist dann zu „Paulaner" übergewechselt und Bierfahrer geworden. War ihm irgendwie zu heiß und zu eng in der schusssicheren Kiste. Ich hatte ein ausgesprochen interessantes Gespräch mit ihm."

Für einen Witz fehlte Biss und Pointe, fand Karla. Er meinte es also wirklich ernst.

Robert döste vor sich hin und kaute unablässig an einer unangezündeten Zigarette.

„Mit Kautabak wärst du wohl besser beraten," meinte Karla.

„Darf ich denn rauchen?" fragte Robert interessiert.

Karla schob ihm einen Aschenbecher zu und fingerte nach ihren eigenen Zigaretten in ihrer Hosentasche.

„Es ist unglaublich einfach," sagte Alex, „die Wachmänner bringen das Geld in die Bank. Und wir nehmen es ihnen ab. Das ist der ganze Plan. Genial, nicht?"

Karla sah ihn prüfend an. Wovon redete dieser Mensch eigentlich?

„Der Wachmann hat mir das sehr illustrativ geschildert. Wir erschrecken sie ein bisschen und schon lassen sie die Hosen runter!"

„Wirklich sehr illustrativ," meinte Karla.

„Pfuideibel! Was willst du denn mit ihren Hosen?" fragte Robert angewidert.

„Glaubt mir! Es ist so einfach, dass es wehtut!"

Karla hielt das Ganze immer noch für einen hirnlosen Scherz.

„Du hast Recht, es tut weh! Ich bin aber keine Masochistin! Und wo willst du, bitteschön, diesen deinen Supercoup landen?"

„Was heißt ich? Wir! Wir machen das zusammen. Habt ihr denn nicht zugehört? Ihr gehört mit zu meinem Plan! Soviel Geld kann ich doch allein gar nicht ausgeben."

Na wunderbar, sie war also bereits mit eingeplant!

„Danke, dass du uns vorher gefragt hast!" bellte Karla.

„Wieso? Robert weiß Bescheid. Robert ist keine große Ideenleuchte. Aber ein hervorragender Mitmacher."

„Ich erinnere mich," sagte Karla, „ich finde es auch echt toll, dass Robert Bescheid weiß! Was meinst du, bin ich eher für die Ideen oder fürs Mitmachen zuständig?"

„Warum so schnippisch? Ich hab dich doch eben gefragt?"

„Und? Was habe ich gesagt? Hast du irgendetwas gehört? Das machst du einfach so!"

Karla schnalzte mit den Fingern.

„Walzt über andere Meinungen hinweg, noch ehe sie sich bilden konnten! *Er* mag ja dein höriger Mitmacher sein! Aber ich sehe mich irgendwie anders."

Robert grinst.

„Irgendwie hat sie Recht. Du bist ein arrogantes Arschloch!"

Die Worte prallten an Alex ab.

„Hör dir's doch wenigstens mal an!" fuhr er ungerührt fort, „dabei musst du weder eine Entscheidung treffen, noch eine Idee haben, beides hab nämlich ich schon vollzogen."

Das war das erste Mal, dass Karla Bekanntschaft mit Alex' Dozieren machte.

„Ich habe die Filiale mal unter die Lupe genommen, die der Ex-Wachmann erwähnt hat. Ein ganz legerer Laden. Alles völlig veraltet. Auch das Personal. Wenn du verstehst was ich meine? Hab mir alles genau angeschaut. Ich sage euch, da erwartet niemand einen Überfall!"

„Glaubst du wirklich, es gibt hierzulande Banken, die Überfälle erwarten? Wir sind doch nicht im Wilden Westen!" blaffte Karla.

„Und doch werden Banken überfallen," fuhr Alex fort, „aber meinetwegen, wenn hierzulande keine Banküberfälle mehr erwartet werden, dann erst recht nicht in dieser Filiale. Es gibt keine Sicherheitssysteme, kein Argwohn. Die träumen da vor sich hin. Sogar der Kassentresor steht die ganze Zeit geöffnet. Zum Stielaugen kriegen. Die fühlen sich wie in Abrahams Schoß."

Karla starrte die beiden an.

„Träume ich? Oder spinnst du nur einfach?"

Ihr Blick wanderte von Robert zu Alex.

„Okay, ihr spinnt also beide! Aber wie kommt ihr nur darauf, dass ich auch nur die geringste Lust dazu verspüre mitzuspinnen? Oder merkt ihr vielleicht gar nicht, dass ihr euch eine Realität zusammenzimmert, die mit der äußeren allgemein gültigen nicht übereinstimmt?"

„Ach, weißt du, mit der Realität ist das so eine Sache. So allgemein gültig ist die gar nicht. Man kann sie so oder so sehen. Nimm mal nur unser beider Realitäten! Du, die Tochter eines reichen und mächtigen Vaters. Ich dagegen der Sohn eines verarmten Kleinbauern, ein Nichts. Chancenlos von Anfang an. Damit gebe ich mich aber nicht zufrieden. Deshalb gängele ich die sogenannte allgemein gültige Realität ein wenig. So wie ich von ihr gegängelt wurde. Helfe ihr sozusagen auf die Sprünge. Bring mich mit ins Spiel."

„Reichlich wirr, was du da von dir gibst."

Sie berührt mit dem Zeigefinger ihre Stirn.

„Ich hab's! Ihr habt die falschen Krimis gelesen! Sonst wüsstet ihr's: solche Coups klappen nicht!"

„Mag sein, dass sie in deinen Krimis nicht klappen. Vermutlich sind es Weichei-Krimis für den Ethikunterricht höherer Töchter. Es kommt nur auf die richtige Planung an. Und mein Plan ist genial. Er ist so simpel, dass keiner draufkommt."

„Das meinen die in den schlechten Krimis auch immer."

„Du hast dir meinen Plan doch noch gar nicht ganz angehört!"

„Plan? Ich höre immer Plan. Welcher Plan denn?"

Karla drehte sich zur Seite und klagte die Wand an. Die Wand aber war nicht der geeignete Gesprächspartner.

„Überfall! Niveaulos! Geschmacklos!"

„Ach, frag doch mal den großen Maar, ob er Geld so niveaulos findet!"

Karla kam einen Schritt auf Alex zu.

„Lass meinen Vater da raus!" zischte sie.

„Sei ganz beruhigt! Wir überfallen eine Bankfiliale, nicht ihn!"

„Ich hätte euch gleich damals nach dem Tee rauswerfen sollen!"

Sie drehte sich brüsk um und riss die Küchentür auf.

„Da war doch gar kein Tee," sagte Alex.

Karla raste aus der Küche und knallte die Tür hinter sich zu.

„War das ein Rausschmiss?" erkundigte sich Robert.

„Wie kommst du denn da drauf? *Sie* ist doch gegangen!"

3.

„Lass mal deinen tollen Plan hören!" sagte Karla als sie an jenem Abend um den Küchentisch saßen.

Robert hob seinen Kopf aus seinen Skizzen. Alex stand auf und schloss das Fenster.

„Falls mir dein Plan gefällt, was ich bezweifle, und ich mitmache, was mir undenkbar erscheint, dann nicht aus Dankbarkeit. Und schon gar nicht wegen des Geldes. Ist das klar?"

Auf ihrer Stimme konnte man Schlittschuhlaufen.

„Und vor allem verschont mich mit jedweden Intimitäten!"

Die beiden fixierten sie wie das unerwartete Testbild eines neuen Fernsehsenders.

„Bevor das nicht klar ist, möchte ich von dem gesammelten Unsinn nicht einmal ein Wort hören, was vermutlich sowieso das Beste wäre."

Robert fing an zu husten. Er hatte vor lauter Stieren zu schlucken vergessen.

„Reg dich ab, Karla!" sagte Alex sanft, „hat dich je einer von uns angerührt?"

„So soll's auch bleiben!"

Jetzt grinste Robert wieder.

„Alles klar," seufzte Alex, „wir vergessen dich als Frau. So schwer es uns auch fällt, gell, Robert?"

„Nein, mein Lieber, nicht so! Ihr vergesst euch lieber mal als Männer, für die eine Frau offenbar nicht mehr als die Attitüde eurer Geilheit ist!"

Schweigen.

Alex kramte auf dem Tisch herum. Robert hustete wieder.

„Und?"

„Also, der Geldtransporter..." setzte Alex an.

„Ob das klar ist?" unterbrach ihn Karla.

„Klar," brummten sie beide im Chor.

„Wie gesagt, der Transporter..."

„Welcher Transporter?"

„Du musst mich schon aussprechen lassen, wenn du meinen Plan hören willst. Oder willst du uns zuerst deinen sagen?"

„Der Geldtransporter," setzte Alex nochmal an, „kommt zweimal in der Woche, vormittags kurz vor elf Uhr. Wir nehmen Roberts Wagen, er ist unauffällig. Es gibt Tausende von solchen abgewrackten Kadetts. Nur mit der Nummer sollten wir uns noch was überlegen, falls ein gelangweilter Opi sich einen Spaß daraus macht, sich die Autonummer aufzuschreiben. Allerdings glaube ich kaum, dass in der Vormittagshektik der Türkenstraße irgendjemand in der Lage sein wird, sich eine Autonummer zu notieren!"

„Keine Sorge wegen der Nummer. Ich schraube in der Nacht zuvor ein Schild von einem parkenden Auto ab."

„Bravo, Robert! Zwei ganze Sätze," lobte Alex.

„Türkenstraße? Habe ich richtig gehört? Du meinst unsere Münchner Türkenstraße da vorn?" fragte Karla.

„Ja, der Exwachmann sprach von der Dresdnerbankfiliale in der Türkenstraße. Wo ist das Problem?"

„Ihr Mistkerle habt also gewusst, dass ich hier wohne, bevor Ihr mich da rausgeholt habt! Wir holen die Maar aus den Fängen der Bullen und kneten sie uns zurecht. Blütenstraße vier. Nur wenige Schritte von der Türkenstraße entfernt. Unfassbar. Das habt Ihr wirklich gut eingefädelt!"

Alex sah verblüfft auf und fuhr sich mit der Hand über die Augen.

„Sag mal, bist du irre? Wie hätten wir dich denn in dem Gewühle damals identifizieren können? Und woher sollten wir gewusst haben, wer du bist, wo du wohnst und wie du heißt?"

„Aber meine Wohnung könnte strategisch nicht besser liegen, das gibst du doch wohl zu?"

Alex grinste und warf seine beiden Hände nach oben.

„Dem wahren Genius kommt der Zufall zu Hilfe. Wolltest du nicht meinen Plan hören?"

Karla hielt ihm die rechte Handfläche entgegen und ließ ihr Kinn nach unten fallen.

„Es ist also kurz nach halb elf, und wir, das heißt Robert und ich fahren in die Türkenstraße ein. Wir parken vor der „Tengelmann"-Filiale. Mit Sicherheit werden wir dort keinen regulären Parkplatz finden. Selbst in der zweiten Reihe wird es nicht einfach sein. Zuviel Zulieferverkehr. Das ist aber auch ein Vorteil. In dem allgemeinen Gedränge werden wir nicht auffallen. Wir warten. Karla ist bereits in der Bank."

Karla sah ihn fragend an.

„Es ist besser, wenn du nicht mit uns gesehen wirst, dann kann uns später keiner in Zusammenhang bringen. Überhaupt sollten wir in der nächsten Zeit nicht mehr gemeinsam auftauchen. Okay? Karla ist also in der Bank und beschäftigt sich am Bankschalter."

„Womit soll ich mich denn beschäftigen?"

„Was weiß ich?"

„Du solltest es aber wissen. Es ist dein Plan!"

„Mein Gott! Mach ein Konto auf, wechsle Rubel ein, kauf Pfandbriefe! Tue irgendwas, um am Schalter zu sein, wenn die Wachmänner kommen!"

Er zögerte.

„Ja. Am besten du machst ein Konto auf, eins mit vielen Sonderregelungen, das beschäftigt die Bankangestellten."

Er warf ihr einen spöttischen Blick zu.

„Das schaffst du doch?"

Karla schaute auf ihre Daumen, die sie gelangweilt ineinander drehte.

„Dann kommen die Wachmänner. Jetzt ist dein Auftritt! Spiele deinen ganzen Charme aus, den du uns immer vorenthältst! Mein ganzer Plan baut auf deine Verführungskunst," sagte Alex träumerisch.

Karla schaute sich um.

Sie fühlte sich fremd in ihrer eigenen Küche. Zigarettenqualm hing feucht und klebrig zwischen ihr und einer fremden Wirklichkeit, von der sie sich bedroht fühlte. Und die sie dennoch faszinierte. Sie spürte vage, sie betrat unbekanntes Terrain. Es roch mies und schäbig. Lockte sie dennoch.

Sie öffnete das Küchenfenster.

Die hereinströmende Luft war nicht besser als der stickige Dunst in ihrer Küche. Von der Türkenstraße drang Verkehrslärm herauf.

„Und welches Repertoire meiner Verführungskünste hast du da im Auge?"

„Wackele mit dem Hintern, rolle die Augen, wirf dich ihnen an den Hals oder sonst wohin!"

„Aha. Dachte ich mir's. Noch andere ähnlich subtile Facetten?"

Alex grinste sie breit an.

„Was immer du machst, es wird das Richtige sein! Du musst ihre gesamte Aufmerksamkeit auf dich lenken. Wie, das bleibt dir überlassen."

„Danke."

„Wichtig ist nur eins," fuhr Alex unbeirrt fort, „wenn ich hereinstürze, sollten die beiden Wachmänner nicht mehr in sich selbst weilen. Jedenfalls nicht dort, wo sie uns gefährlich werden könnten. Alle Energien der Wachmänner sollten in ihren Hypophysen versammelt sein. Sie dürfen nur noch dich im Kopf haben, verstehst du? Kriegst du das hin?"

Er ließ seinen Blick über Karla wandern.

„Du kriegst das hin."

Karla atmete tief aus.

„Ich baue auf die Verwirrung, die dein Charme ausgelöst hat. Der Wachmann hat mir seine Uniform geschenkt. Die Uniform wird die Wachmänner vollends durcheinanderbringen"

Alex steigerte sich immer mehr in Begeisterung über seinen eigenen Plan.

„Es muss alles plötzlich und unerwartet geschehen. Der Kern meines Plans ist Verwirrung!"

„Ich habe nichts anders erwartet," sagte Karla.

Karla spähte nach einer leeren Stelle auf der Tischplatte. Sie fand keine.

„Komplizierte Pläne haben den Nachteil, dass zu viel schiefgehen kann. Mein Plan ist aber einfach. Und weil alles von der Verwirrung abhängt, die du erzeugen wirst, bin ich ganz zuversichtlich. Wir überrumpeln die beiden Wachmänner in dem Moment, in dem alles in ihnen ausgeblendet ist. Außer dir."

Als hätte jemand die Luft aus ihm herausgelassen sackte Alex plötzlich in sich zusammen. Er ließ sich auf einen der Küchenstühle plumpsen, stocherte auf dem Tisch herum und war nicht mehr ansprechbar. Karla sah, dass er seine Kraft verbraucht hatte.

„Und was mach ich mit meinen Reizen, wenn du hereingerannt kommst?"

In ihrem ganzen Leben hatte Karla noch nie etwas so Blödes gehört, das den Anspruch erhob, ernstgenommen zu werden.

„Was? Ach so. Ja, dann ist deine Nummer beendet," sagte Alex mit müder Stimme, „ich bedrohe die beiden Kofferhalter, nehme den Koffer an mich. Marschiere aus der Bank und zu unserem bereitstehenden Auto, in dem Robert auf mich wartet. Die Wachmänner werden völlig übertölpelt am Schalter stehen. Auch wenn sie vorzeitig aus ihrer Verzückung erwachen, werden sie uns nicht hinterher schießen. Die Türkenstraße ist um diese Zeit dicht bevölkert. Das Risiko einen Passanten zu treffen wäre zu groß. Wahrscheinlich werden sie überhaupt erst begreifen, was passiert ist, wenn Robert und ich längst außer Sicht sind. Alles hängt von deinem Auftritt ab, Karla."

Unwillkürlich musste Karla lachen. Das konnte er nicht wirklich ernst meinen!

Doch Alex meinte es ernst. Darüber musste sie noch mehr lachen. Konnte gar nicht mehr aufhören. Bis auch die beiden in ihr Lachen einfielen.

Nach einer Weile sagte sie:

„Und wieder wird meine Fangfrage aktuell: was macht die betörende Karla, wenn ihr abgedüst seid? Vermutlich wartet sie in der lähmenden Gesellschaft ihrer unwiderstehlichen Reize und denen, die sie damit um den Verstand gebracht hat auf die Polizei. Um nun auch sie mit ihrem Zauber in Bann zu schlagen. Während ihr die Scheine unter euch aufteilt?"

„Hört, hört, „triumphierte Alex, „plötzlich gerät der schnöde verachtete Mammon in den Mittelpunkt des Interesses."

„Ich scheiß auf euer Geld! Ich scheiß auf deinen ganzen hirnverbrannten Plan! Ich bin nur neugierig, wie es jetzt für mich weitergehen soll, nachdem ich alle mit meinem Charme umgarnt habe?"

Alex versuchte eine Hand auf Karlas Schulter zu platzieren.

„Hände weg!" fauchte Karla und schüttelte seine Hand ab.

„Ich verstehe gar nicht, was dich anficht. Es gibt keinen Zusammenhang zwischen dir und dem Überfall."

Robert grunzte.

„Wenn wir weg sind, kannst du machen, was du willst. Grüße alle freundlich und geh! Wir treffen uns dann später. Du kannst natürlich auch weiterhin mit den Wachmännern flirten. Nur pass auf, dass du dich rechtzeitig an die richtige Seite erinnerst, denn dann werden wir das Geld haben. Aber ich vergaß, du scheißt ja aufs Geld."

Wieder musste Karla lachen. Robert knitterte Papier in die Stille. Von der Türkenstraße wehte in unregelmäßigen Abständen Verkehrsrauschen und verfing sich in der engen Blütenstraße.

„Und dann?"

„Dann treffen wir uns in deiner Wohnung zum nachkonspirativen Kaffeekränzchen. Nun, es werden keine Millionen sein, die wir unter uns aufzuteilen haben. Andererseits, wegen zwanzig Mark schicken die Banken keinen Panzerwagen mit zwei Wachmännern auf die Reise."

„Warum zwei?"

„Was zwei?"

„Du hast zwei Wachmänner gesagt."

„Mein Wachmann erwähnte zwei Wachmänner. Warum fragst du, Karla? Es ist unwesentlich. Oder möchtest du noch einen dritten bezirzen?"

„Wieso unwesentlich?"

„Ob zwei, drei oder vier - es ist belanglos für unseren Plan."

Karla bohrte weiter:

„Nehmen wir an, zwei Wachmänner gehen in die Bank. Lassen sie ihren Transporter einfach unbeaufsichtigt auf der Straße stehen? Ich bin sicher, da ist noch ein dritter, der im Wagen bleibt, während die andern zwei in die Bank gehen."

„Und wenn schon! Der stört niemanden dort. Was hast du vor, Karla? Willst du den ganzen Panzerwagen klauen?"

„Denk doch mal nach! Wenn es einen Dritten gibt, was ich glaube. Er sieht dich aus der Bank laufen mit falscher Uniform und der Geldkassette unterm Arm. Meinst du, er winkt dir durch die schusssichere Scheibe nach und wünscht dir alles Gute?"

Alex raufte sich die Haare, suchte vergeblich Roberts Blick, der gelangweilt seinen Rauchkringeln nachsinnierte.

„Du legst es darauf an, mich zu provozieren. Ich nehme das zur Kenntnis. Erstens wird dein ominöser Dritter gar nichts mitbekommen. Weil er nicht damit rechnet. Außerdem steht unser Auto hinter dem Transporter, er wird wohl kaum ununterbrochen in den Rückspiegel glotzen. Und selbst wenn, er wird nicht auf mich schießen. Wie gesagt, die Türkenstraße ist voller Menschen. Er könnte jeden beliebigen treffen. Deine Befürchtungen gehen ins Leere, Karla. Aber wahrscheinlich gibt es gar keinen Dritten. Und für dich, Karla, gibt es ohnehin kein Risiko!"

Karla spürte, wie sich Worte auf ihren Lippen zu formen versuchten. Sie drehte eins nach dem andern hin und her, sammelte sie in ihrer Mundhöhle. Und schluckte sie schließlich ungesagt herunter. Sie schüttelte sich und verließ die Wohnung.

„Wir sollten es ohne Karla machen. Sie ist zu sensibel!" meldete sich Robert.

„Sensibel?"

Alex blies sich die Barthaare von den Lippen.

„Karla ist kalt wie Eis."

Tropfen lösten sich vom Wasserhahn und plinkerten ins Spülbecken.

„Sie wird sich beruhigen. Karla ist wichtig, verstehst du? Sie ist das Zentrum meines Plans."

Robert ordnete ein paar Blätter auf dem Tisch und schob sie ineinander.

„Hast du mich verstanden? Wir machen es mit Karla. Oder gar nicht!"

„Welch letzteres wohl das Klügste wäre," grummelte Robert.

4.

Als Karla sich am nächsten Morgen verschlafen in ihre Küche tastete, saßen Alex und Robert, wie immer, gemütlich rauchend um den unaufgeräumten Küchentisch.
Alex stand auf und räumte einen Stuhl für sie frei.
„Du hast es doch nicht etwa ernst gemeint, Karla?"
Karla grapschte nach einer sauberen Tasse in dem Gerümpelberg vor ihr. Noch ehe sie nach der Kaffeekanne greifen konnte, war Alex schon zur Stelle und schüttete die dampfende Flüssigkeit in ihre Tasse.
„Robert meint nämlich, es sei Dir ernst damit gewesen."
Karla schlürfte den bitteren Kaffee und spürte wie sie langsam wach wurde. Sie umschloss mit beiden Händen ihre Tasse. Wohlige Wärme strömte durch ihren Körper.
„Robert meint, es sei zu viel für deine Nerven."
Karla suchte nach Teilen der über den Tisch zerfledderten Zeitung, fand eine Doppelseite, entfaltete sie. Und verbarg sich dahinter.
„Robert meint, du hättest so etwas nicht nötig."
„Was?" raunzte Karla und hob ihren Kopf unmutig aus ihrer Tasse, „wovon faselst du da eigentlich?"
„Wovon ich rede? Von unserem Überfall natürlich."
Karla widmete sich wieder ihrem Kaffee. Sog ihn gierig durch die Lippen.
„Und?"
Alex sah sie erwartungsvoll an.
„Was und?"
„Robert hat Recht," brummte Karla hinter ihrer Zeitungs-seite.
„Willst du noch Kaffee?"
Karla verschanzte sich hinter der Zeitung.
„Sagtest du nicht, du interessierst dich nicht für Sport?"
Karla hob den Kopf aus der Zeitung.
„Und?"
„Ich mein ja nur, du hast den Sportteil aufgeschlagen."

Karla schleuderte das Zeitungsblatt von sich. Aus ihren Augen sprühte offener Zorn.

„Vergiss die Geschichte einfach!" beschwichtigte Alex, „ich habe sie dir nie erzählt. Okay?"

„Welche Geschichte?"

„Das ist nicht fair, Karla! Vergiss nicht, ohne uns säßest du jetzt vielleicht gar nicht in deiner so gemütlichen Wohnung."

„Du musst dich schon entscheiden, Alex!" blaffte Karla, „einmal soll ich vergessen. Und dann wieder nicht. Was gibt's da zu grinsen, Robert?"

„Robert grinst nicht! Das ist sein ganz normales Gesicht."

„Ja, stimmt, hatte ich vergessen."

„Das ist allerdings noch lange kein Grund ihn zu beleidigen."

„Mein Gott, Alex, kann er nicht einmal, nur ein einziges Mal selbst für sich..."

„Kann er nicht," bemerkte Alex trocken.

„Ihr seid wohl siamesische Zwillinge, und du übernimmst..."

„In etwa."

Karla lachte. Es war zu komisch, nur über Alex zu erfahren, was Robert meinte, was Robert sagte, was Robert dachte.

Sie stützte ihren Kopf in die linke Handfläche und klopfte mit dem Mittelfinger der anderen gereizt auf die Tischplatte.

Warum schmeiß ich die zwei Typen nicht einfach raus? Sie belagern meine Küche und verdrängen mich nach und nach aus meiner eigenen Wohnung. Warum lass ich das nur mit mir machen.

„Ihr zwei Scheißkerle habt euch also irgendeine bedrängte Demonstrantin herausgefischt, um sie euch gefügig zu machen!"

„Nicht irgendeine," korrigierte Alex, „Robert und ich, wir waren uns sofort einig: du bist die richtige! War es nicht so, Robert?"

3

Zweifel

1.

Die warme Sommernacht treibt die Münchner in Straßencafés und Biergärten. Nur aus wenigen weit offenstehenden Fenstern zuckt bläuliches Fernsehlicht auf die gegenüberliegenden Fassaden. Nur hin und wieder hüpft ein Lüftchen durch die Alleebäume der Leopoldstraße. Die Gehwege sind vollgepfropft mit Stühlen und Tischen neuesten Designs. Herausgeputzte Rassehunde und exotische Hündchen räkeln sich um die gebräunten Beine der Münchnerinnen. Zigarettenqualm mischt sich mit dem scharfwürzigen Geruch von Kebab- und Würstchenbuden.

Karla schlendert pizzakauend im breiten Strom der Flanierenden.

Vergeblich versucht sie dem Gedankenwirrwarr in ihrem Kopf zu entfliehen. Doch sie findet nicht die ersehnte Zerstreuung. Abwesend wirft sie einem der an ihr hochleckenden Hunde ein Stück von ihrer Gummipizza zu. Doch der Labrador scheint besseres gewöhnt. Er schnuppert kurz, lässt dann das tomatig durchtränkte Teigeckchen verächtlich liegen und stolziert zu Frauchen zurück.

Karla wirft einen abwesenden Blick auf die durchgestylte platinblonde Frau mit Bubikopf. Ihre Blicke treffen sich. Mit einem triumphierenden Lächeln lässt die Blonde ein Stückchen von ihrem Filet Stroganoff in das sabbernde Maul des Labradors fallen. Mein Hund isst doch keine Pizza, igitt! Der Labrador schluckt den Fleischbrocken unzerkaut herunter und winselt dem nächsten entgegen.

Karla bahnt sich einen Weg an den Cafètischen vorbei.

Erneut stürzt sie in den Sog sich einander ausschließender Spekulationen und Hypothesen. Sie findet einfach nicht mehr in ihr geordnetes Denken zurück.

Was geschieht nur mit mir?

Unbekannte Augen am Fenster trüben mein Urteilsvermögen. Sie verfolgen mich durch meine Tage. Und durch meine Nächte. Was ist nur an ihnen, dass sie mich nicht loslassen? Sie haben sich tief in mich hineingebohrt und schauen mich nun von innen heraus fragend an? Wie sind sie in mich hineingekommen? Und was ist es, das sie mich fragen?

Und um allem die Krone aufzusetzen erwäge ich die Möglichkeit, bei einem Verbrechen mitzumachen! O nein, ich erwäge es nicht. Ich bin bereits mitten in den Vorbereitungen dazu.

Ohne zu wissen, wie sie dorthin geraten ist, findet sich Karla im ‚Englischen Garten' wieder. Normalerweise meidet sie den nächtlichen Stadtpark. Sie weiß aus Erzählungen, dass sich nachts zwielichtige Gestalten dort herumtreiben und Frauen auflauern. Auch in den Zeitungen wird von derlei Überfällen berichtet. Deshalb erschrickt sie als sie sich plötzlich durch die dunklen Silhouetten der alten Buchen streunen sieht. Hinter jedem Busch dräuen nun dunkle Gestalten, die sie vorher nicht wahrgenommen hatte.

Wie lange mag sie schon achtlos hier herumirren?

Mit ausholenden schnellen Schritten umkreist sie den berüchtigten Monopteroshügel, um den sich dubiose Gestalten tummeln. Heiseres Lachen krächzt durch das nachtfeuchte Blattwerk. Die Sträucher rascheln und ächzen, winken ihr von beiden Seiten zu. Auf der Brücke über den Eisbach hält sie inne. Die dunklen Wellen murmeln bedrohlich zu ihr herauf. An seinem Ufer meint sie zwei weiße Gestalten auszumachen, die mit wehenden Gewändern auf sie zu kreiseln.

Karla fängt zu laufen an.

Plötzlich meint sie den Kies hinter sich knirschen zu hören. Sie achtet nicht darauf. Läuft panikartig weiter. Horcht in ihren eigenen stoßartigen Atem, der alle anderen Geräusche in sich hineinnimmt.

Endlich erreicht sie die Veterinärkliniken. Beißend herber Pferdegeruch mischt sich in das ausatmende Grün der nächtlichen Pflanzen. Sie verlässt den Englischen Garten, überquert die Ludwigstraße. Doch erst als sie an der Kunstakademie angelangt ist, verlangsamt Karla ihre Schritte.

Erschöpft und durchgeschwitzt kommt sie in die Blütenstraße. Ihr Herz schlägt bis zum Hals.

Karla verweilt einige Minuten vor ihrer Haustür.

„Ihr habt eine Räucherhöhle aus meiner Wohnung gemacht!"

Karla öffnet das Fenster und atmet tief ein. Der feuchtgraue Morgen hat nur auf seine Gelegenheit gewartet, kriecht nun herein und lässt sich auf den Möbeln nieder. Zögerlich wird es heller.

„Übrigens werde ich wirklich beobachtet. Ich mach nicht mehr mit."

Alex versteckt sein Gesicht in seinen Händen. Dann schaut er mit dem Entsetzen eines Bergsteigers, der den falschen Gipfel erstiegen hat auf Karla, wie zum verfehlten Gipfel hinüber

„Hast du's gehört, Robert? Sie macht nicht mit. Karla macht nicht mehr mit. Sag doch was, Robert! Sag endlich was! Nur dieses eine einzige Mal!"

Karla lehnt immer noch im Türrahmen. Sie ist müde.

„Wir haben einen genauen Zeitplan aufgestellt. Wir haben eine Menge nützlicher Beobachtungen aufgelistet. Robert hat die zwar völlig unoriginelle aber vielleicht gerade deshalb so effektive Idee mit dem geklauten Nummernschild. Und jetzt kommt unsere geschätzte Karla, orakelt wieder von dubiosem Beobachtetwerden und…"

„Falls du's nicht bemerkt haben solltest: ich weile mitten unter euch, stehe dir sogar unmittelbar gegenüber, du kannst ruhig auf die zweite Person zurückschalten!" unterbricht ihn Karla.

„Ich versteh's nicht! Ich verstehe es einfach nicht! Wir haben alles vorbereitet und uns für Freitag den 17. Juli entschieden. Na, und morgen ist zufällig Freitag, der 17. Juli..."

„Was heißt zufällig, wenn heute der sechzehnte und übermorgen der achtzehnte ist?"

„Nicht jetzt, Robert, bitte nicht jetzt! Vorher hättest du was sagen sollen!"

„Wer um Himmelswillen beobachtet dich denn, Karla? Und was sieht er denn schon? Wo ist das Problem?"

„Ich weiß nur, ich werde beobachtet."

„Aha."

Alex macht einen Schritt auf den Küchenschrank zu, kramt einen beachtlichen Revolver aus der Schublade und wirft ihn vor Karla auf den Boden. Es ertönt ein trockenes Token. Der Revolver prallt vom gefliesten Küchenboden zurück. Hüpft noch ein paarmal hoch. Und bleibt dann liegen.

Beklemmend Stille.

Karla starrt auf die schwarze Waffe. Robert wirft einen erschrockenen Blick auf Alex.

Alex lacht. Es ist ein gequältes und enttäuschtes Lachen.

„Sieht gefährlich aus, findet ihr nicht auch?"

Er bückt sich und wirft den Revolver Robert auf den Schoß.

„Alles Plastik, federleicht und aus einem Guss. Nicht einmal eine Fliege könnte man damit erschießen."

„Aber zerdrücken!" raunzt Robert und legt das Plastikding auf den Tisch.

Alex schaut betrübt auf die verblüffend echt aussehende Attrappe.

„Okay, Robert, wenn ich dich frage, antwortest du nicht. Auch sonst bringst du deinen verdammten Mund nicht auf. Aber um irgendwelche unnötigen Statements bist du nicht verlegen. Bemüh dich nicht! Ich lass mich nicht provozieren! Nicht von dir!"

„Wozu Waffen? Von Waffen war nicht die Rede!"

„Schau sie dir genau an! Ist das deiner Ansicht nach eine Waffe?"

„Soweit ich weiß, wird auch Bedrohung mit Scheinwaffen strafrechtlich verfolgt," sagt Karla müde, „wozu brauchst du denn diesen Revolver?"

„Nun, ein bisschen erschrecken muss ich die beiden Wachmänner schon. Oder glaubt ihr, sie geben mir den Koffer, wenn ich sie höflich darum bitte?"

„Ja, ehrlich gesagt, war ich dieser Ansicht. Sagtest du nicht, dein Plan sei simpel?"

Karla macht einen Schritt auf den Küchentisch zu und betastet den Revolver.

Alex stöhnt auf.

„Hast du denn nicht zugehört, als ich dir mein Plan erläuterte?"

„Welcher Plan?"

Karla sieht wie Alex" Stirnadern anschwellen. Er öffnet den Mund. Schließt ihn wieder. Winkt dann ab und bemüht sich um ein verkrampftes Lächeln.

„Auch du kannst mich nicht provozieren! Vergiss es!"

„Die Waffe ist ein unnötiges Risiko," sagt Karla ungerührt.

„Ich hör immer Waffe."

„Die könnten ja meinen, er ist echt und ballern auf dich los."

„Ich bin gerührt. Du machst dir Sorgen um mich?"

„Ich geh nicht gern auf Beerdigungen."

„Ja, wer tut das schon? Ich gehe davon aus," fährt Alex fort, „dass geschulte Wachmänner einen echten Revolver von einer Attrappe unterscheiden können."

Karla schüttelt den Kopf.

„Komisch! Fällt dir dabei nichts auf?"

„Sag du mir's!" sagt Alex lauernd.

„Na, wenn die merken, dass es eine Attrappe ist, werden sie sich wohl kaum erschrecken. Was meinst du?"

Alex lacht.

„Warum um alles in der Welt kramst du in völlig unmaßgeblichen Details herum? Während du die Wachmänner mit deinem Lächeln um ihren Verstand bringst, bitte ich sie quasi höflich, um die Aushändigung des Metallkoffers."

„Und das Ding hier?"

„Das soll meiner Bitte lediglich etwas Nachdruck verleihen. Glaubt mir, es wird nichts schief gehen. Es kann gar nichts schief gehen!"

„Das meinten die Bankräuber aller Zeiten."

„Du hattest recht vorhin, als du meinen Plan als simpel bezeichnetest" sagt Alex unbeeindruckt, „simpel und genial. Der Geldtransport kommt Montag und Freitag. Das haben deine Beobachtungen bestätigt. Es gibt weder Besonderheiten noch Abweichungen zu berücksichtigen. Es ist so einfach wie das Öffnen einer Thunfischdose."

Karla kann die Schlagkraft der Metapher nicht beurteilen. Sie isst keinen Thunfisch. Und schon gar nicht aus der Dose. Sie ist müde. Sie hat keine Kraft mehr, Alex vorzuhalten, wie lächerlich dieses ganze Vorhaben ist! Sie weiß jetzt, dass sie nie ernstlich an eine Ausführung gedacht hat. Sie hat es für einen Scherz gehalten. Nicht einmal für einen guten.

Robert klöppelt gelangweilt mit dem Radiergummiende seines Bleistifts auf die Tischplatte. Immer wieder lässt er den Bleistift aus geringer Höhe herunter plumpsen. Der Stift hoppelt auf dem weichen Gummi ein paarmal herum und noch ehe er wieder auf die Tischplatte fallen kann, fängt Robert den Stift auf und beginnt von neuem.

Karla ist inzwischen in eine Art Halbschlaf gefallen. Ihr Körper lehnt weiterhin an der Tür, aber sie befindet sich nicht mehr in ihm. Wie durch ein umgekehrtes Fernglas blickt sie auf eine Szene, in der auch sie vorkommt. Alles sehr stark verkleinert. Doch in diesem Bild passt nichts zusammen. Von irgendwoher erhofft sich Karla Regieanweisungen, die die einzelnen Figuren ins richtige Verhältnis bewegten.

Alex marschiert hektisch in der Küche auf und ab.

Das Bild des vollbeladenen Geldtransporters steht deutlich vor ihm. Wieviel mag wohl in dem Metallkoffer sein?

Hunderttausend? Nein, sicher mehr. Fünfhunderttausend? Vielleicht eine Million? Alex ballt seine Hände zu Fäusten. Jetzt so kurz vor dem Ziel will Karla plötzlich abspringen! Ohne jeden einsichtigen Grund. Er weiß, mit Geld kann er sie nicht locken. Sie hat es. Schwimmt darin. Muss nichts dafür tun.

Warum aber hat sie zugesagt, als er ihr vor paar Tagen seinen Plan vorstellte? Und wovor schrickt sie plötzlich zurück? Wenn er doch nur ihre Motive kennen würde! Er wüsste, wie er vorzugehen hätte, um sie umzustimmen!

Alex hebt seinen Arm und deutet auf Karla, wie wohl Moses seinerzeit auf das Gelobte Land. Resigniert lässt er seinen Arm wieder fallen. Und verlässt die Küche.

Der laute Knall der Tür lässt Karla hochschrecken. Robert sitzt weit entfernt von ihr in einer anderen Welt. Karla schaut glasig auf die Türklinke, als wolle sie sich bei ihr die längst überfällige Erlaubnis einholen, endlich ins Bett gehen zu dürfen.

Draußen ist es inzwischen hell geworden. Die Stadt schlürft feuchtschwere Morgenluft ein, kündigt einen stickigen Sommertag an. Alex rennt aufgebracht durch die noch unbelebten Straßen. Seine Gedanken verlieren sich in der Rückschau auf sein vermurkstes Leben.

2.

Eigentlich wollte er immer studieren. Aber das Gymnasium gestaltete sich für ihn wie das Erklimmen unbezwingbarer Berge, an deren Steilhängen er schließlich scheiterte. Ohne Gymnasium aber kam er nicht zum Abitur. Und ohne Abitur blieb ihm die Universität verschlossen.

Einige Jahre arbeitete er lustlos in einem alternativen Holzverarbeitungsbetrieb im Münchner Süden und schaffte es immerhin zur erfolgreichen Gesellenprüfung. Dann, gleichsam über Nacht, entschloss er sich eine Abendschule zu besuchen. Wenn er todmüde von der Schreinerei nach Hause kam, und sich mühselig auf sein schon einmal verfehltes Ziel vorzubereiten versuchte, bereute Alex, dass er damals nicht durchgehalten hatte. Er holte seine Hochschulreife im Alter von 28 Jahren nach und schrieb sich in Politologie ein. Nun hatte er es doch noch geschafft, in die oberen Regionen einzudringen.

Doch schon nach dem ersten Semester erkannte er betrübt, er hatte den ersehnten Gipfel bestiegen, doch die Luft hier droben war zu dünn für ihn, verwehrte ihm freies Durchatmen. Zudem entpuppte sich sein selbstgewähltes Studienfach als ein unermüdliches Durchkauen lebloser Phrasen. Weder Studium noch Studieren sagten ihm zu. Es war das vorgestellte Bild eines Studenten, das ihn fasziniert hatte. Nun, da er angelangt war, schien ihm der ganze Betrieb zu exaltiert, zu aufgesetzt, voll, wie er meinte, ungerechtfertigter Dünkel und intellektueller Snobismen. Er ärgerte sich über die pelzbehängten Kommilitoninnen, privilegierte Töchter die vor roten Fahnen posierten, mit feurigen Augen die Diktatur des Proletariats heraufbeschworen und in den offenen Porsches ihrer Väter sündteuer gestyltes Goldhaar in den Fahrtwind fließen ließen.

Vermutlich war es ja nur die Reaktion des Fuchses auf die zu hohen Trauben? Die Mädchen waren hübsch. Sie gefielen ihm. Aber er wusste, er würde niemals bei ihnen landen. Sie waren ihm von Geburt aus voraus. Es führte keine Brücke von ihm zu ihnen hinüber. Sie waren für ihn unerreichbar. So wie ihr peinliches Antikapitalismusgesülze für die Arbeitermassen unerreichbar blieb, so sehr sie auch mit scheppernden Megaphonen um deren Sympathie bemüht zu sein vorgaben.

Alex ließ seinen Berechtigungsschein zum Eintritt in das einstmals erträumte Paradies ungenützt und verließ die Universität und die Illusionen, die er sich von ihr gemacht hatte.

Seitdem lebt er vor sich hin, in die Tage hinein, freilich mehr in die Nachmittage.

Wenn sein Geld zur Neige geht jobbt er, ohne dabei sehr wählerisch zu sein. Er meidet die studentischen Kreise, die Bitterkeit in ihm hervorrufen.

Als er wenig später Petra begegnete, schien sein Leben eine Wende zu nehmen.

Petra, zwei Jahre jünger als er, hatte ihr Medizinstudium schon hinter sich. Steckte gerade in den Vorbereitungen zu ihrer Promotion und arbeitete als Famulus an der Universitätsklinik in der Zimsenstraße.

Alex, der glaubte in ihr seine eigene Richtung gefunden zu haben, verrannte sich so sehr darin, dass sich Petra schon bald von ihm abwandte. Sie fühlte sich in eine Schablone gedrängt, in die Alex sein gesamtes Nichtleben und die einseitig gesichtete Fatamorgana einer gemeinsamen Liebe hineinprojizierte. Was sollte sie mit dem leeren Behälter anfangen, der nicht müde wurde, ihr stereotyp seine Selbstaufgabe zu demonstrieren, um die sie ihn nicht gebeten hatte? Dazu kam seine chronische Finanzmisere, die ihn nicht zu erschüttern schien. Sie jedoch untragbar und entwürdigend empfand.

„Du wirst nie Geld und Erfolg haben. Du weißt gar nicht, was das ist. Du hampelst durch die Tage - oder soll ich sagen: die Tage rumpeln durch dich hindurch, wie die Züge durch einen stillgelegten Bahnhof. Ich aber will nicht verhuschten Tagen hinterher weinen. Ich will selbst die Zügel halten, will selbst bestimmen in welche Richtung sie mich tragen! Mit dir, Alex, gibt es weder Zukunft noch Vergangenheit. Ich sehe kein Ziel vor dir. Und hinter dir keine Spur."

Mit diesen Sätzen beendete Petra ihre Beziehung zu dem, was von ihm noch übrig war, wie sie es nannte.

Da er, wie Petra treffsicher bemerkte, keine Spur hinter sich gelassen hatte, fand Alex auch nicht mehr zu sich zurück. Was weiterlebte, war ein Stück Treibholz, das durch einen Wildbach gespült wurde, ein Blatt, dem vereinzelte Böen Leben zuwehten.

Es gab niemandem mit dem Alex sich austauschen konnte. Weil Alex nicht Alex war. Bis ihm das Schicksal Robert zuwehte.

Robert fing damals gerade an, an seiner Dissertation in Physik zu arbeiten. Sie lernten sich spät nachts in einer Kneipe kennen und verstanden sich vom ersten Augenblick an.

So jedenfalls glaubte Alex.

In Wahrheit hat er nie viel aus Robert herausbekommen. Diese seine Verschlossenheit reizte Alex. Und sein Schweigen bot ihm ausreichend Gelegenheit selbst zu reden. Was Robert an ihm fand, wusste er nicht. Es interessierte ihn auch nicht.

Er angelte sich weiter von Job zu Job. Sein Leben rann dahin. Es gab keinen Plan für morgen und schon gar nicht für übermorgen. Die Augenblicke torkelten auf ihn zu, überraschten ihn und ließen ihn hinter sich liegen.

Doch er hatte einen Freund gefunden.

Und Alex griff mit beiden Händen nach dieser Freundschaft, die ihm noch einmal ein Zentrum anzubieten schien, das er in sich nicht vorfand.

Bald freilich fühlte sich Alex von neuem enttäuscht.

Nachdem er seiner eigenen Monologe überdrüssig geworden war, stellte er fest, dass es keine Kommunikation zwischen ihm und Robert gab. Es war, als riefe man in einen unergründlichen Brunnenschacht, der das eigene Echo verzögert zurückwirft.

Immerhin war Robert ein verlässlicher Mitmacher. Das bewies er auf zahlreichen Demonstrationen, an denen sie zusammen teilnahmen. Und als Alex eines Tages die Idee mit dem Überfall zugeweht wurde, packte er sie, als sei es der Henkel zu seinem abhanden gekommenen Leben. Das war seine Chance. Jetzt wird er es allen zeigen. Mit Robert zusammen wird er es schaffen Und Robert würde schon mitmachen.

3.

Es war in einer jener durchzechten Nächte, in der sich der übermäßig genossene Alkohol ohne jedes weitere Zutun in den Köpfen entzündet und absonderliche Inspirationen gebiert. So hatte Alex auch an diesem Abend schon reichlich getrunken, als sich sein Saufkumpan plötzlich als Wachmann zu erkennen gab und ihm sein Geheimnis enthüllte. Er begann mit Anekdoten aus seiner Wachmannvergangenheit. Und schloss mit dem Bekenntnis, ein Idiot gewesen zu sein. Denn nur ein Idiot, so resümierte er, gondele ein halbes Leben lang Geld anderer Leute herum, ohne auch nur ein einziges Mal selbst zuzugreifen. „Und dabei wäre es so einfach gewesen! Wie das Öffnen einer Thunfischdose!"

Der Wachmann schaute ihn mit triefenden Augen an. Und wartete.

Alex, der nur noch retardiert wahrnahm und die Aufforderung zu einer Stellungnahme mit der Unklarheit überhaupt etwas gehört zu haben vermischte, glotzte ihn glasig an.

„Du glaubst mir nicht?"

„Was soll ich denn glauben? Ich hör nur Thunfischdose."

„Na, dass es ein Kinderspiel ist!"

„Was ist ein Kinderspiel?" lallte Alex.

„Ein Überfall!"

Alex kicherte vor sich hin. Es schien ihm dahingesagt. Das Ergebnis zu vieler Biere. Keiner weiteren Beachtung würdig.

„Ich mein's ernst! Du musst es tun! Es ist total easy! Und da ist ein Haufen Kohle drin!"

„Ein Überfall? Was redest du da? Auf was denn?"

„Auf die Bank."

„Auf die Bank? Auf welche Bank? Du spinnst ja!"

„Nicht direkt auf die Bank. Ich meine natürlich den Geldtransporter!"

„Ein Überfall auf den Geldtransport? Wie die Posträuber, he? Du spinnst wirklich!"

Sie blickten dasig in ihre Biergläser. Die Kneipe war fast leer. Aus dem Hintergrund hämmerten Rockrhythmen.

„Du musst es machen!" fing der Wachmann wieder an.

„Warum ich? Warum erzählst du es mir? Warum hast du es nicht selbst gemacht, wenn's doch so easy ist? Du warst ja angeblich direkt an der Quelle."

„Das ist es ja gerade," lallte der Wachmann wieder, „mich erkennen sie doch sofort. So blöd sind sie dann auch wieder nicht."

„Noch nie was von Masken gehört?"

Der Wachmann macht eine wegwerfende Handbewegung."

„Die kennen doch meine Stimme."

„Und damals? Als du noch mit von der Partie warst? Warum hast du es da nicht gemacht?"

„Hörst du mir eigentlich zu? Da hätten sie mich doch erst recht erkannt."

„Und warum winselst du mir dann mit diesem Quark die Ohren voll und weinst einer verpassten Gelegenheit nach, die es gar nicht gegeben hat?"

Der Wachmann kratzte sich am Kopf.

„Du hast recht," gluckste er, „ich hätte es tun sollen!"

„Wo's doch so easy ist!"

Sie lachten.

Wieder stierten sie minutenlang in ihre Biergläser.

„Ehrlich! Du wärst ein Rindvieh, wenn du's nicht machst."

„Ach hör doch auf mit dem Geschmarre und lass mich in Ruhe mein Bier trinken!"

„Wenn du wüsstest, wie locker das zu deichseln wäre!"

„Deswegen hast du's ja auch durchgezogen!"

„Ehrlich! Ohne Scheiß! Ich sagte doch, ich hab's verpasst. Ich habe sogar einen Plan. Ach, du glaubst mir nicht?"

„Kein Wort."

Und da erzählte ihm der Wachmann seinen Plan, den Alex später dann für seinen ausgab.

„Ich weiß nicht recht," stammelte Alex, „klingt mir reichlich naiv!"

„Kapierst du denn nicht? Das ist doch das Geniale! Es ist so einfach, dass es niemand erwartet! So als gingst du völlig gelassen mit einem nagelneuen Fernseher aus einem Laden."

„Habe ich noch nie gemacht."

Versuchs mal! Keiner würde dir hinterherrufen. Mit so viel Dreistigkeit rechnet niemand."

Sie bestellten zwei weitere Biere und prosteten sich zu.

„Auf den Überfall!" lallte der Wachmann.

„Eins würde ich ja gern noch wissen, bevor ich losstürme: warum hast du eigentlich aufgehört? Und warum gibst du mir jetzt den heißen Tipp, nachdem du's nicht durchgezogen hast? Du siehst mir nicht aus wie ein wahrer Menschenfreund."

Der Wachmann nahm einen großen Schluck und wischte sich den Schaum von den Lippen.

„Das ist ja eben. Die haben mich gefeuert."

„Nach dem Überfall?"

„Find ich nicht komisch!"

„Also gut, die haben dich rausgeschmissen. Warum?"

„Ich war ein Narr!" brütete der Wachmann vor sich hin.

Alex fragte sich, ob das ein ausreichender Grund für eine Kündigung sei. Und als er schon dachte, der Wachmann würde es bei dieser Erkenntnis belassen, fing er wieder an, in sein Bierglas zu brabbeln.

„Jahrelang habe ich die Geldkoffer von A nach B und von B nach A gefahren. An das Geld selbst habe ich dabei nie gedacht. Ja, grins du nur! Ich war so ein Trottel. Für mich war es ein Job, den ich auszuführen hatte. Für den ich recht und schlecht bezahlt wurde. Eher schlecht, wenn ich jetzt darüber nachdenke. Und eines Tages schmeißen die mich einfach raus. Ohne Angabe von Gründen. Später habe ich erfahren, dass die Firma einen neuen Chef bekommen hat. Dem hat wohl mein Gesicht nicht gefallen. Vermutlich hatte er schon jemand anderen in petto. Irgendeinen Sohn oder Neffen, der mal Panzerwagen fahren will. Und ich flieg auf die Straße. Einfach so."

„Und?"

„Da bin ich dann auf die Idee mit dem Überfall gekommen."

„Und?"

„Was und?"

„Was hat das mit mir zu tun?"

Der Wachmann leerte sein restliches Bier in einem Schluck. Wieder wischte er sich den Schaum von den Lippen.

„Sag mal, sitzt du auf der Leitung?"

Er packte Alex an den Schultern, blitzte ihn an und rückte seinen Stuhl hin und her.

„Du musst es machen! Du bist mein Racheengel! Und denk an das Kleingeld, das dabei herausschaut!"

„Du, als Menschenfreund, willst natürlich nichts von der Beute!"

„Vergiss es! Die Rache genügt mir."

„Es ist deine Rache! Nicht meine."

„Ja, es ist meine. Aber sie zahlt sich für dich aus."

Der Wachmann tauchte wieder in sein Bierglas.

„Ich frag mich immer noch, warum du's nicht machst, wenn dir doch so viel dranliegt? Und es doch so simpel ist. Mit Maske erkennt dich niemand. Und die Stimme? Du musst ja nichts reden. Wahrscheinlich haben die dich sowie längst vergessen."

Der Wachmann seufzte und ließ seine Hände von der Tischplatte auf seine Oberschenkel fallen.

„Ich bin zu feige."

Als Alex am nächsten Tag aufwachte, hatte sich diese Bieridee bereits in ihn eingenistet. Er sah ihn deutlich vor sich: den Überfall.

Das Hirngespinst wuchs. Und als er mit Robert Karla aus der Demonstration herausgezogen hatte, begann das Gespinst Gestalt anzunehmen.

4.

Obwohl sie todmüde ist, kann Karla nicht einschlafen. Sie wälzt sich auf ihren durchgeschwitzten Laken hin und her. Ungeordnet wehen unaufhörlich Gedanken wie zwischen zwei weit geöffneten Türen durch ihren Kopf. Vergeblich versucht sie hinterher zu denken. Sie ahnt ihre unterschiedliche Gewichtung. Aber kaum versucht sie einen davon zu erfassen, flattert er auf und zerstäubt.

Überfall, flüstert es in ihr.

Sie erinnert sich nebulös an dieses Wort, wird jedoch seiner Bedeutung nicht habhaft. Entschlossen greift sie danach. Und das Wort zerfällt.

Schließlich gibt sie auf, schlurft in ihr Bad und duscht den heißen Schweiß von ihrer Haut. Die kalte Dusche erfrischt ihren Körper. Doch in ihrem Kopf arbeitet noch immer ein Mahlwerk, das alles kurz und klein quetscht, was sich in ihm zu formen anschickt.

„Robert?" fragt Karla, als sie die Küche betritt und schaut fragend zum Küchentisch.

Alex hebt die Schultern.

Unmöglich, denkt Karla. Ihr scheint, als sei er immer schon in ihrer Küche. Über seine Dissertation gebeugt und nach Zigaretten fingernd. Robert gehört zum Inventar. Möbel gehen nicht einfach weg.

Alex errät ihre Gedanken.

„Er ist Zigaretten holen gegangen."

Beide lachen.

„Und was gibt's Neues von der Türkenstraße?"

Karla starrt mitten in Alex' Gesicht, das ihn unverhohlen angrinst.

„Du hast also keine Sekunde in Erwägung gezogen, dass ich es ernst gemeint haben könnte?"

„Ernst? Womit?"

„Dann sag ich's eben noch einmal: ich mach nicht mit bei dem bescheuerten Überfall!"

„Wieso Überfall? Ich dachte, du gehst gern auf die Türkenstraße?"

Karla versucht in Alex Gesicht zu lesen.

Hat auch er mich beobachtet? Weiß er von den Augen am Fenster? Doch wie will er das Tau zwischen ihren beiden Augenpaaren bemerkt haben? Für Außenstehende war es unsichtbar.

„Was soll das heißen: ich bin gern auf der Türkenstraße?"

„Ach, nur so."

Alex geht zum Küchenschrank und schraubt einen Blechdeckel auf ein offenes Marmeladenglas. Karla stürzt auf ihn zu. Schlägt ihm das Glas aus der Hand. Mit einem trockenen Plopp landet die Marmelade auf dem zerfaserten Maisstrohteppich. Die rote klebrige Masse verteilt sich innerhalb kantiger Scherben.

Alex zuckt mit den Schultern.

„Erdbeermarmelade, das nenne ich ein Argument."

Karla hämmert mit beiden Händen auf seine Brust. Ihre Stimme schnappt über vor Wut.

„Du aufgeblasener Scheißkerl! Hast gedacht, Karla hat nur einen Anfall. Man muss sie so lange ausblenden, bis sie sich wieder eingekriegt hat."

Alex hustet ein paarmal. Aber er lässt sie weiterhämmern.

„So gehst du über meine Zweifel und Bedenken hinweg? Als ob es sie gar nicht gäbe."

Wieder einmal fällt die Wohnungstür ins Schloss.

Robert schlendert in die Küche und wirft eine Stange Zigaretten auf den Küchentisch.

Er sieht zu Alex. Dann zu Karla. Schließlich auf den Fußboden. Und schürzt die Lippen.

„Warum ausgerechnet die Marmelade von meiner Mutter?"

Plötzlich fühlt sich Karla leer und ausgebrannt. Ihre Handkanten brennen vom Hämmern.

„Karla hat übrigens Recht. Dieser Bankdirektor ist ein komischer Geselle. Er hat keinen Zeitplan. Normalerweise kann man nach solchen Figuren die Uhr stellen. Außerdem holt er höchstpersönlich die Brotzeit für seine Belegschaft. Jeden Tag."

„Du solltest dich doch nicht mehr auf der Türkenstraße zeigen!" rügt ihn Alex.

„Ach was, glaubst du, dass sich in dem Durcheinander jemand mein Gesicht merkt? Nicht einmal Karla hat mich gesehen."

Alex wendet sich verdutzt an Karla.

„Dann war es also Robert, der dich beobachtet hat!" Er kichert.

„Und nicht einmal du hast ihn erkannt! Da hast du deinen geheimnisvollen Beobachter!"

Karla schaut über ihn hinweg.

„Sind das deine Bedenken, Karla, die dich zu dieser unerwarteten Umkehr bewegen? Ein Filialleiter, der Brotzeit für sein Personal holt und keinen Zeitplan hat? Und unser guter Robert, der dich beobachtet hat?"

Alex wirft einen fast zärtlichen Blick auf Karla. Robert nimmt Schaufel und Besen und räumt Marmelade und Scherben vom Boden.

Karla stiert immer noch ins Leere. Sie ist unendlich müde.

„Dann kann die Sache ja morgen steigen?"

Robert erscheint bestürzt über der Tischplatte.

„Morgen?"

„Morgen ist der 17. Juli. Ein guter Tag für einen Überfall. Wir wissen, was wir wissen müssen. Weiteres Beobachten ist unnötig. Wir machen uns nur mürbe und nervös damit."

Er mustert Karla. „Morgen also?"

Jetzt erst einmal schlafen, endlich schlafen, denkt Karla, und verlässt schweigend ihre Küche.

„Ich weiß nicht, ob sie's kapiert hat," meint Robert.

„Hat sie!"

„Und? Wird sie mitmachen?"

„Sie wird, Robert, sie wird."

„Du musst's ja wissen," sagt er. Arrogantes Arschloch, denkt er.

4

Der Überfall

1.

Freitagmorgen, der 17. Juli 1981.

Schwüle Hitze liegt über München. Bankdirektor Kaiser hat schlecht geschlafen. Er verlässt seine Wohnung in der Kurfürstenstraße. Schlendert missmutig zur Türkenstraße, seiner Filiale entgegen. An der Ecke Schellingstraße holt er zwei Mohnsemmeln im Café „Hölzl". Frau Steinwetter, seine Kassiererin liebt diese Mohnsemmeln. Angeblich seien sie nirgends so gut wie dort. Er selbst findet sie eher gummimäßig, zu teigig. Er zuckt mit den Schultern. Über Geschmack lässt sich bekanntlich nicht streiten.

Den Rest der Brotzeit für seine Belegschaft holt Herr Kaiser direkt beim „Tengelmann". Dort lässt er sich die Semmeln mit Schinken und Käse belegen. Er kauft noch zwei Essiggürkchen für seine Frau Steinwetter.

„Aber bitte nur die von „Specht"!" hat sie ihm eingebläut. Auch hier gehen ihre Meinungen auseinander. Doch wenn Frau Steinwetter Gürkchen von „Specht" wünscht, dann soll sie diese auch bekommen.

Von seinen übrigen Mitarbeitern sind ihm keine Vorlieben bekannt. Sie verzehren kritiklos, was er für sie mitbringt.

Der Geruch der frischen Semmeln, die der Papiertüte entströmt hebt seine Stimmung etwas. Er trottet an der kommunistischen Buchhandlung ‚Libresso' vorbei, wirft wie jeden Tag einen hilflosen Blick in die Auslage. Findet das ausgestellte Angebot, wie immer zu rot. Auf jeden Fall zu grell, zu plakativ.

Er seufzt und nähert sich dem Möbelantiquariat ‚Dieter Frank'.

Hier verweilt Herr Kaiser einige Minuten. Er liebt diese Auslage mit seinen ausgefallenen antiken Kleinmöbeln. Heute haben sie eine gegenteilige Wirkung auf ihn. Seine Stimmung sinkt wieder.

Soviel Geld für Möbel, die zu nichts nutze sind! Und die in keine Wohnung und zu keiner Einrichtung passen. Es sei denn, man kann einen Barocksaal sein Eigen nennen. Sie sind affig. Und unbequem.

„Deplatziert!" entfährt es ihm, „absolut deplatziert!"

Seine Laune ist auf dem Nullpunkt angekommen.

Vor der 'Türkenapotheke' zögert er, wie immer. Betritt dann resigniert den Ladenraum.

„Einen schönen guten Morgen, Herr Kaiser," säuselt der Apotheker.

„Naja," brummt Herr Kaiser,

„Wie?" ruft der Apotheker, zieht der Reihe nach an verschiedenen Einschüben seiner Medikamentenschränke. Dreht sich um. Und sein Blick umwölkt sich.

„Ich sehe, die üblichen Kopfschmerzen. Dieses Münchner Wetter ist einfach nichts für Sie, Herr Kaiser. Das Übliche?"

Herr Kaiser nickt.

„Und bringen Sie mir doch bitte ein Glas Leitungswasser, Herr Latzl?"

„Ist es heute wieder so schlimm?"

Der Apotheker schreitet mit wehendem weißem Kittel nach hinten, holt ein Glas Wasser und stellt es mit einer Packung Brausetabletten auf den Corpus.

„Darf ich?" fragt er, reißt eine Tablette aus der Verpackung und stupst sie ins Wasserglas.

Die Tablette rauscht laut in der leeren Apotheke. Nur sehr gedämpft dringen Fahrgeräusche durch die schwere Glastür.

Herr Kaiser schüttet die sprudelnde trübe Flüssigkeit in einem Schluck herunter. Es bleibt ein weißer Pulverrand am Glas zurück.

„Sie sind allein heute, Herr Latzl?"

„Noch. Sie wissen ja wie das ist, niemand will mehr früh aufstehen. Frühaufsteher sind aus der Mode gekommen. Fräulein Schuster kommt erst um zehn."

„Ich weiß gar nicht wovon Sie sprechen. Meine Mitarbeiter reißen sich darum die ersten zu sein. Am liebsten würden sie nachts durcharbeiten."

Herr Latzl hebt seinen hageren Kopf. Sein Haar ist schneeweiß und erhebt sich streng zurückgekämmt über seiner hohen faltigen Stirn.

„Na, bei so einem Chef!"

Herr Kaiser winkt ab.

„Der Schein trügt."

Sie lachen.

Herr Kaiser atmet tief ein und verlässt die Apotheke.

„Ja," bestätigt der aufmerksame Apotheker, „es liegt was in der Luft - sofern in der Türkenstraße überhaupt noch was davon vorhanden ist."

2.

Auch Hans Schreiber hat schlecht geschlafen. Ein wirrer Traum verfolgte ihn durch die ganze Nacht.
Er sitzt in einer überaus engen Schublade und hört das rumpelnde Klappern der Schreibmaschine über sich. Auf einmal wird die Schublade geöffnet. Eine Frau nimmt ihn behutsam heraus, betrachtet ihn von allen Seiten. Fährt prüfend mit Zeigefinger, Mittelfinger und Daumen ihrer beiden Hände über seine Haut. Die Frau kommt ihm bekannt vor. Er kann ihr Bild jedoch nicht einordnen. Außerdem wechselt sie fortwährend ihr Gesicht. Kaum meint er, sie benennen zu können, fliegt schon ein neues Gesicht auf sie zu überdeckt das vorherige. Die Gesichter verändern sich unentwegt.
Noch einmal streicht sie mit ihren Fingern abschätzend über seinen Körper. Packt ihn dann beherzt am Kopf und spannt ihn auf die Walze seiner 'Continental'.
Hans spürt wie sich die Walze über ihn hinwegbewegt, einige Drehungen nach vorn, dann eine zurück. Sein Rumpf steckt jetzt in der Walze. Sein Kopf hängt nach unten. Seine Beine lugen oben hervor. Noch einmal bewegt sich die Walze. Die Metallfinger senken sich drohend auf seinen Kopf. Und hacken auf ihn ein. Die Buchstaben verteilen sich auf seiner Stirn und auf seinen Wangen. Die Metalltasten bohren Buchstaben in sein Fleisch. Er spürt einen sengenden Schmerz. Will aufschreien. Da wird die Walze noch einmal ein Stück weitergedreht. Die Tasten bewegen sich jetzt auf seinen Mund zu, hämmern unerbittlich auf seine Lippen ein. Doch die Buchstaben federn von seiner Haut zurück, schweben einer nach dem anderen vor seine Augen. Hans kann sie jetzt deutlich lesen:
Ich bin ein Nichts.
Barsch wird er aus der Walze gezogen und auf einen Papierhaufen geschleudert.
Und plötzlich steht Hans mitten auf der Türkenstraße.

Von der Schellingstraße her kommt eine riesige Wasserwand auf ihn zu, die alles mit sich wegreißt. Autos werden hochkatapultiert. Radfahrer plattgedrückt. Hans sieht der näher rückenden Welle entsetzt entgegen. Wirft sich flach auf die Straße. Die Welle schleudert ihn hoch. Überall um ihn herum schäumt Wasser. Eine neue noch größere Welle walzt heran. Droht über ihn zusammenzubrechen. Verzweifelt kämpft sich Hans an die Oberfläche. Doch es gibt keine Oberfläche mehr. Das Wasser ist jetzt oben und unten.

Plötzlich erscheint eine Hand über dem Wasser. Hans kennt diese Hand. Doch er hat jetzt keine Zeit darüber nachzudenken. Er fasst nach dieser Hand, die ihn mit festem Griff in einen Kahn hievt, der auf dem ungeheuren Wellenkamm reitet.

Außer ihm befindet sich niemand im Kahn. Hans wundert sich darüber. Er hat viele Menschen darin erwartet. Und Tiere.

Die Welle hat ihn inzwischen zum Oscar-von-Miller-Ring getragen.

Hans blickt zurück in die kantige Häuserschlucht der Türkenstraße, die sich immer mehr mit Wasser füllt. Noch ahnungslos quirlen Menschen in den Straßentälern der Innenstadt. Das Wassergebirge rast auf sie zu...

Hans fährt hoch.

Wie nass sein Hemd ist, sieht er an den wenigen noch trockenen Flecken. Seine Matratze ist wie heißes Gelee. Er kriecht zum Schreibtisch und öffnet die Schublade. Sie ist leer. Er starrt auf seinen Wecker. Es ist 8 Uhr 15.

3.

Karla steht nachdenklich am Herd und blinzelt in das brodelnde Wasser. Sie fühlt sich ruhig und entspannt. Wie nach einer qualvollen endlich getroffenen Entscheidung. Oder nach einem guten Orgasmus, denkt Karla.

Allerdings erinnert sie sich nicht, eine Entscheidung getroffen zu haben. Auch an ihren letzten Orgasmus erinnert sie sich nicht. Es gab wohl mal welche. Aber sie waren nicht von oder durch Männer ausgelöst worden. Hat es je einen gegeben? Hat sie jemals ein Mann zum Höhepunkt ihrer Lust gebracht?

Der Mann, den sich Karla vorstellt, kommt in der Wirklichkeit nicht vor. Jedenfalls hat sie ihn noch nicht getroffen. Sie lernte nur Männer kennen, die zu sehr mit ihren eigenen Gefühlen beschäftigt waren. Mit ihrer eigenen Lust. Karlas Bemühungen, vorsichtig auf sich selbst hinzuweisen riefen regelmäßig Befremdung hervor. Bestenfalls Verunsicherung. Die Männer ließen dann von ihr ab. Und rollten sich auf die Seite.

Nein, sie erinnert sich an keinen einzigen guten Orgasmus mit einem Mann.

Sie hat sich dran gewöhnt, selbst Hand an sich zu legen.

Vielleicht bin ich ja auch lesbisch? Und weiß es nur noch nicht.

Auch Alex und Robert haben natürlich versucht, sie ins Bett zu kriegen. Jeder auf seine Art. Alex auf seine plumpe direkte. Robert eher schüchtern, mit lüsternen Seitenblicken.

Karla ist darüber nicht erstaunt. Schon im zarten Kindesalter hat sie erfahren müssen, dass ihr Körper von Männern begehrt wird. Auch wenn sie das nicht begreifen konnte.

Karla gießt das kochende Wasser auf den Kaffeefilter.

Ja, sie fühlt sich wie nach einem guten Orgasmus, - ohne, dass sie dafür Hand anlegen musste," stellt sie amüsiert fest.

Oder als habe sich eine Sperre in ihr gelöst, die den Widerstand endlich aufgibt, der sie daran hindert, sich in ihr Schicksal einzufinden. Was es ihr auch bringen mag. Ist es das, was Gläubige empfinden? fragt sie in sich hinein. Zum ersten Mal ahnt Karla, welch ungeheure Befreiung darin liegen muss, alles, was einen an Skrupeln und Zweifeln martert, an eine höhere Instanz abzugeben. Gewissensqualen werden einer höheren Verantwortung unterstellt. Ballast kann abgeworfen werden. Wände rücken beiseite. Ein Weg, der nicht gangbar schien, öffnet sich...

„Scheißschwül heute!" knurrt Alex und schleicht in die Küche, Robert im Schlepptau.
„War's gestern auch schon," bellt Robert.
Karla schickt ihnen ein strahlendes Lachen entgegen.
„Das nenne ich gute Morgenlaune, ihr Verbrecher!"
Sie lässt das Wort genüsslich auf ihrer Zunge zergehen.
„Ihr?" brummt Alex.
„Verbrechen?" erkundigt sich Robert.
„Ganz recht!"

Robert sieht unruhig hin und her. Das Wort schockiert ihn. Erst jetzt wird ihm bewusst, dass er von Anfang an keine eigene Meinung zu dem ganzen Vorhaben hatte. Er ist in die ganze Sache hineingerutscht. Hat sich daran gewöhnt, Alex für sich denken zu lassen. Zu akzeptieren, was er vorschlägt. Alex hat Recht, er ist ein jämmerlicher Mitmacher. Er hat es sich stets leicht gemacht, Plan und Entscheidung anderen überlassen. Sich wie einen Anhänger angekoppelt.
Doch wem hat er diesmal das Ruder überlassen?
Einem Spinner. Einem hirnlosen Phantasten.

Alex sieht nach einer durchgrübelten Nacht aus. Er, der stets alle Bedenken beiseitegeschoben hat, ist jetzt voller Vorbehalte. Bang erkennt er, dass sein wahres Motiv für sein Handeln immer noch Petra ist. Sie ist es, für die er den Überfall geplant hat. Der feste Boden unter ihm sackt in sich zusammen.

Wie blöde, sich auf diese Art beweisen zu wollen!

Zwischen dem Entwurf eines Plans und dessen Ausführung gähnt ein Abgrund, erkennt Alex betroffen. Und es ist nicht einmal mein eigener. Angst packt ihn.

Ich habe mich vor einen fremden Karren spannen lassen!

Racheengel! Dass ich nicht lache!

Grimmig schielt er zu Robert und Karla.

Nein, er kann jetzt nicht mehr zurück. Und, fast hätte er es vergessen, morgen wird er reich sein. Sein lächerlicher Argwohn wird sich in Luft auflösen. Die Tage werden ihm zu Füßen liegen. Und er wird über seinen Kleinmut lachen.

„Die Strategen vor dem großen Angriff! Ein imponierender Anblick," stichelt Karla.

Alex und Robert schauen sich an und schütteln die Köpfe.

„Irgendwie ätzend, deine morgendliche Fröhlichkeit."

„Wieso? Ich habe gut geschlafen. Und meine Träume waren wunderbar."

„Wie schön für uns," sagt Alex.

Schweigend schlürfen sie heißen Kaffee aus ihren Humpen.

Es ist der letzte Kaffee, den sie zusammen trinken.

4.

Es ist 10 Uhr 40.

Auf der Türkenstraße brodelt Geschäftigkeit. Die meisten Autos parken beidseitig in erster und zweiter Reihe. Da die fünfte, die mittlere Reihe, ebenfalls stillsteht, scheinen alle Autos zu parken. Die Julihitze flirrt über den Blechdächern. Wildes Gehupe lässt an eine südliche Stadt denken. Motoren heulen auf. Aus den Seitenfenstern der Autos beschimpfen sich Eingekeilte. Sie gestikulieren heftig. Auch das unterstreicht den südlichen Charakter. Bläulich graue Rauchwölkchen kringeln zwischen den Blechkästen hervor.

Die mittlere Autoschlange kommt langsam wieder in Bewegung und kriecht schwerfällig in Richtung Schellingstraße. Dort gebiert sie neue, die sich in verschiedene Richtungen verzweigen.

Ein grauer Opel Kadett biegt aus der Theresienstraße in die Türkenstraße und hält an der Ecke. Ein hagerer bärtiger Mann springt aus der Beifahrertür, läuft in die Bäckerei „Wild", kommt mit einem Tütchen heraus und steigt wieder in den Wagen. Der Kadett lässt sich gemächlich bis vor den „Tengelmann" treiben. Findet einen Platz in zweiter Reihe. Schert ein. Und bleibt stehen. Niemand steigt aus.

Robert schwitzt vor innerer Aufruhr. Und Hitze. Seine Hände kleben am Steuerrad. Sein linker Fuß drückt noch immer das Kupplungspedal nach unten, obwohl der Schaltknüppel längst in die Leerlaufposition eingerastet ist. Noch einmal wird es ihm bewusst, auf was er sich hier eingelassen hat. Es trifft ihn wie ein Donnerschlag. Ein Überfall! Was für ein Irrsinn!

Er schielt zu Alex, der scheinbar völlig gelassen, fast heiter, neben ihm sitzt.

„Ich kann immer noch aussteigen" murmelt er vor sich hin, „es ist noch immer früh genug."

„Was brummst du da?"

„Brumm ich?"

Aber wie will er seinen plötzlichen Meinungsumschwung begründen?

Er muss nichts begründen. Er muss sich nicht rechtfertigen. Er muss es nur tun. Aussteigen. Jetzt gleich. Einfach weggehen. Sich aus dem Bannkreis des ewigen Mitmachens befreien.

Es ist so einfach!

Die Tür aufreißen und davonlaufen. Nein, nicht einmal davonlaufen muss er. Vor wem denn? Etwa vor Alex? Es genügt, den Türgriff herunterzudrücken und in aller Seelenruhe im Getriebe der Türkenstraße unterzutauchen. Und alles wäre vorbei.

„Was ist, Robert? Fühlst du dich nicht wohl?"

„Ich glaub mir ist schwindelig. Die Hitze..."

„Gerade jetzt? Ein unpassender Augenblick, würde ich mal sagen."

In diesem Moment weiß Robert, er wird den Türgriff nicht herunterdrücken. Er wird nirgendwohin laufen. Wohin auch? Wo immer er hinginge, er nähme sich selbst dabei mit. Wie kann er entkommen? Er bewegt sich wie ein aufgezogenes Uhrwerk in die einmal eingeschlagene Richtung weiter, bis es stehen bleibt. Um dann neuerlich auf einen Alex zu warten, der es wieder aufzieht. So war es immer. So wird es bleiben. Nur so funktioniert er.

„Alles in Butter. Geh schon!"

„Bist du sicher? Du schwitzt wie ein Pavian! Und du kannst ruhig deine Hände vom Lenkrad und deinen Fuß von der Kupplung nehmen. Der Karren steht. Er steht genau richtig."

„Mann, kümmere dich um deine eigenen Bewegungen und lass mich hier in Ruhe schwitzen! Und woher willst du wissen, wie und ob Paviane schwitzen?"

Ich habe ihn überschätzt, denkt Alex, er ist nicht cool. Er ist nur reduziert. Das habe ich verwechselt. Noch ist es Zeit, die Sache abzublasen. Robert hat keine Nerven. Ich spüre förmlich wie er zittert. Ich habe ihn falsch eingeschätzt.

Alex gafft in den zäh vorbeifließenden Verkehr.

Was kann Robert jetzt noch vermasseln? Er ist keine Gefahr mehr für seinen Plan. Seine Rolle erfordert weder Nerven noch Intelligenz. Er hat nur hier im Auto zu sitzen, zu warten und im geeigneten Augenblick loszufahren. Selbst wenn sie verfolgt würden! Robert ist ein hervorragender Autofahrer. Das weiß Alex. Er hatte schon mehrmals eine Kostprobe davon bekommen.

Er zwingt sich, an Geldscheine zu denken. Gebündelt mit Banderolen umschlossen, in großer Anzahl. Sie werden sein Leben verändern.

Nun, auch ein Umzug ins Gefängnis nach Stadelheim wäre natürlich eine, wenn auch unerwünschte Veränderung seines Lebens, denkt er belustigt.

Petra taucht in ihm auf. Er schiebt ihr Bild beiseite.

Die Nummern der Scheine werden registriert sein. Na und? Er wird seinen Anteil in kleinen Banken nach und nach im Ausland wechseln. In Deutschland will er ohnehin nicht bleiben. Vielleicht Spanien? Oder Griechenland?

Aber was werden Karla und Robert mit ihrem Geld machen?

Wenn sie sich erwischen lassen, ist auch er geliefert. Sie würden niemals dichthalten.

Am besten also ganz raus aus Europa! Nach Südamerika oder so. Wer will ihn da finden? Oder irgendeine kleine sonnige Insel in der Südsee. Scheiß aufs Klischee!

Alex weiß, er würde sich dort zu Tode langweilen. Scheiß auch da drauf!

Nichts und niemand werden mich jetzt noch aufhalten.

Robert nimmt schließlich den linken Fuß vom Kupplungspedal. Drückt dabei, wie um sein Gewicht zu verlagern mit dem rechten Fuß auf die Bremse. Seine Hände scheinen am Lenkrad festgeklebt. Er würde jetzt gern rauchen. Aber er bekommt seine Finger nicht frei.

In auf- und abschwellendem Summen brandet der Verkehr durch die geschlossenen Scheiben. Die Hitze im Wagen ist unerträglich. Beide starren jetzt nach vorne. Keiner öffnet ein Fenster.

Herr Kaiser verlässt den ‚Tengelmann‘ und schlendert tütenschwingend auf seine Bankfiliale zu.

„Das ist der einzige Bankdirektor auf unserem Planeten, der für seine Belegschaft Brotzeit holt, dafür verwette ich die Geldkassetten, die wir gleich in Händen haben werden!"

„Nenn ihn Filialleiter, dann fällt's dir schon leichter!"

Typisch Alex, wenn er nervös ist, redet er vom Nebensächlichen.

„Filialleiter?" fragt Alex irritiert, „was soll mir da leichter fallen? Ich versteh nicht?"

„Nichts. Vergiss es! Aber verwette wenigstens nicht, was du noch nicht hast! Das bringt Unglück."

Herr Kaiser ist in der Bank verschwunden.

Obwohl sie heute nicht im gewohnten Overall erscheint, sieht Hans Schreiber die Beobachterin schon von weitem kommen. Sie trägt ein sandfarbenes Batikkleid, sehr kurz, mit gelblichen verwaschenen Kringeln. Er beobachtet das wohldosierte Tippeln ihrer Füße, die bis über die Knöchel von hauchdünnen Lederriemchen gehalten werden. Ihre sonnengebräunten Schenkel lassen den Saum ihres Kleidchens bei jedem Schritt hin und her hüpfen. Über ihrer Schulter baumelt ein braunledernes Handtäschchen. Sie geht sehr aufrecht und verhalten, als überschreite sie einen schmalen Steg über einen gähnenden Abgrund. Ihre Augen bleiben hinter bläulich schimmernden runden Sonnengläsern verborgen.

Hans wundert sich, dass er sie überhaupt erkannt hat. Alles an ihr ist anders.

Er wartet darauf, dass sie ihren Kopf zu seinem Fenster hebt. Aber Karla tippelt beharrlich weiter, den Blick geradeaus gerichtet.

Plötzlich weiß Hans Schreiber: der Überfall findet heute statt. Vielleicht schon in wenigen Minuten. Er fühlt sich ruhig und gelassen. Nichts erregt ihn. Es quälen ihn weder Fragen noch Zweifel. Und auch darüber wundert er sich.

Er beobachtet.

Karla ist vor der Glastür der Dresdnerbankfiliale angekommen. Autos und Radfahrer bewegen sich über ihre dunklen Gläser. Wieder schaut sie zur gegenüberliegenden Straßenseite. Dann hebt sie ihren rechten Arm vors Gesicht. Und fängt an vor der Bank auf und ab zu schlendern.

Alex ruckelt unruhig auf dem Beifahrersitz hin und her. Er wirft einen Blick auf die Uhr neben dem Tachometer, erschrickt, überprüft seine Armbanduhr und beobachtet den Rückspiegel.

„Verdammt, Robert, die Scheißuhr könntest du auch mal reparieren lassen!"

Robert grunzt.

„Wow!" zischt Alex und zeigt auf die andere Straßenseite. „Das ist sie nicht!"

Auch Robert kann seine Überraschung nicht unterdrücken.

„Sobald sie die Bank betritt, werden alle umfallen. Karla ist eine Waffe. Nicht umsonst ist sie das Kernstück meines Plans!"

„Hör endlich auf, dich an deinem verblödeten Plan zu befeuern! Du hast Recht, dein Plan besteht nur aus Karla. Aber tu nicht so, als hättest du sie strategisch eingesetzt. Karla weiß auch ohne dich, wo's lang geht."

„Rooobert? Was klingt da in deiner Stimme mit? Habe ich etwa was übersehen? Du und Karla?"

„Ach, halt's Maul!"

Alex schlägt sich mit der Hand an die Stirn.

„Du und Karla! Na klar! Ich bin ein Vollidiot!"

„Kein Einspruch."

Alex war von Anfang an darauf aus, Karla für sich zu erobern. Als Karla keinerlei Interesse für ihn zeigte, akzeptierte er das und stellte seine Nachstellungen ein. Er begehrte sie nach wie vor. Hoffte, die Zeit würde für ihn arbeiten. Doch sie schien für Robert gearbeitet zu haben. Während er, Alex, von Zuversicht genährt, geduldig dem ihm sicheren Erfolg entgegen wartete, trieben die beiden ihr verstecktes Spiel. Wer weiß, wie lange schon? Robert, für den es eines Hebekrans bedarf, um seinen Mund zu öffnen! Robert, der Schweiger, der Langweiler. Der Mitmacher! Ihm hatte sie sich offenbart und hingegeben, während er, Alex, sich in Sicherheit wiegte, das Ziel innerlich vor Augen. Robert hatte er als Konkurrenten nicht einmal in Erwägung gezogen.

Robert nahm es gar nicht wahr, dass Karla ihm was zu bedeuten anfing. Erst als er eines Tages wieder mal ihre Küche betrat, und sie nicht da war, merkte er, dass ihm was fehlte. Was dazugehörte. Zu ihm gehörte. Und er erschrak darüber.

Karla war anders als die Frauen, die er kannte. Sie kokettierte nicht. Sie takelte sich nicht auf. Sie schminkte sich nicht einmal. Und falls sie Parfüm benutzte, tat sie es sehr dezent.

Von da an nahm er sich vor, sie anzusprechen. Doch in ihrer Gegenwart verließ ihn sein Mut. Ihre spröde abweisende Art gefiel ihm. Aber sie verunsicherte ihn auch.

Karla zog täglich mehr in seine Gedankenwelt ein.

Da in ihrem Verhalten nicht die Spur eines Interesses für ihn zu erkennen war, beschränkte sich Robert darauf, ihre Nähe aufzusaugen, die seine eigene Gegenwart intensivierte. Nach und nach hörte er auf, sich reale Hoffnungen auf sie zu machen. Es war Alex, auf den die Frauen flogen. Alex mit seinen Sprüchen und seinen scheißfeurigen Augen. Wahrscheinlich hatte er längst was mit Karla. Es sind Männer, wie Alex, von denen sich Frauen erobern lassen. Typen, wie er, Robert, werden von Frauen nicht einmal bemerkt. Sie sind für sie geschlechtslos. Und als Robert eines Tages resigniert feststellte, dass er sich hoffnungslos in Karla verliebt hatte, wusste er, sie würde das niemals erfahren. Karla würde immer unerreichbar für ihn bleiben. Auch nachdem Robert merkte, dass Karla sich nichts aus Alex machte, wuchsen seine realen Hoffnungen nicht. Natürlich freute er sich insgeheim darüber. Doch es war nicht Schadenfreude. Er wusste nun, dass sie sich für keinen von ihnen interessierte. Und auch sonst schien es keinen anderen Mann in ihrem Leben zu geben. In seiner Gedankenwelt, in der er längst mit ihr verbunden war, wurde sie dadurch nur noch größer. Und dort konnte sie ihm niemand wegnehmen.

5.

Hans Schreiber fühlt sich alleingelassen. Die Beobachterin hat nicht ein einziges Mal zu ihm hochgeschaut. Bislang wähnte er sich einen Teilnehmer in diesem Spiel. Und nun ausgerechnet in der letzten Runde übergeht man ihn. Teilt ihm keine Karten mehr zu. Drängt ihn aus dem Spiel.
Es ist kein Spiel!
Wieder trifft ihn diese Erkenntnis wie ein Felsbrocken, der in sein Leben rollt. Und ihm den Weg verstellt. Während da draußen direkt vor seinen Augen ein Verbrechen geplant wird, sitzt er willenlos am Fenster und sehnt sich nach den Augen einer Frau, die er nicht kennt. Die er nur aus der Ferne sah.
In was hat er sich da nur hineingesteigert?
Plötzlich ist Hans hellwach. Jetzt weiß er, was er zu tun hat. Noch ist es nicht zu spät!
Er schlüpft in seine Mokassins und poltert die Treppen hinunter.

Karla sieht Hans aus dem zweiflügeligen Mietshausportal kommen. Sie schiebt ihre Sonnenbrille in ihre Haare. Wieder fallen ihre Blicke ineinander. Und während für Karla und Hans ein Zeitalter verstreicht, sind auf der Türkenstraße nur wenige Sekunden vergangen. Sie haben vergessen, was ihnen eben noch dringlich erschien. Außenwelt löst sich von ihnen ab. Die Zeit bleibt stehen. Es gibt nur diesen einen Augenblick, der sie verbindet. Keinen Grund darüber hinaus zu denken. Es gibt keine Dresdnerbankfiliale. Keine Türken- straße. Keinen Geldtransporter. Keinen Plan für einen Überfall. Und keinen Überfall. All dies kippt aus ihnen heraus. Zerrinnt in Bedeutungslosigkeit.
Nur wenige Schritte trennen sie voneinander. Doch in dem Moment, als sie dies wahrnehmen, zerreißt das fein gewebte Traumnetz, das sie umschließt. Für eine kurze Weile sind ihre Wege parallel zueinander verlaufen. Nun

sind sie am Scheitelpunkt angelangt. Von hier ab klaffen sie auseinander. Und sie spüren es beide gleichzeitig, sie haben versäumt, einen gemeinsamen Weg daraus zu machen.

Karlas Augen verkriechen sich wieder hinter ihrer Sonnenbrille. Sie wendet sich ruckartig um. Und öffnet die Glastür der Bankfiliale.

Hans fixiert die Stelle, die Karla verlassen hat. Er fühlt sich noch immer mit ihr verbunden. Einige Augenblicke lang füllt ihre gemeinsame Anwesenheit die Türkenstraße. Dann rollt der Verkehr darüber hinweg.

Hans sieht den Geldtransporter, der von der Theresienstraße her näherkommt, sich wie gewöhnlich, links in die Autoschlangen einordnet, um sich auf Höhe der Bank in einen Zweite-Reihe-Parkplatz einzufädeln. Kurz vor einem grauen Opel Kadett kommt der Transporter zum Stillstand.

Zwei bewaffnete untersetzte Männer in schwarzen Uniformen steigen beidseitig aus dem Führerhaus, schlängeln sich an beiden Autoseiten entlang zur Hecktür des gepanzerten Fahrzeugs. Einer der Wachmänner löst die Verriegelung und zieht eine handkoffergroße Metallkassette heraus. Sein Kollege überwacht die Straße. Dann verschwinden sie gemeinsam in der Bank.

Hans vergleicht das Bild mit seinen Beobachtungen. Irgendwas stimmt nicht überein. Doch er erinnert sich nicht.

Plötzlich öffnet sich die Beifahrertür des Kadetts. Ein weiterer Wachmann springt heraus. Seine Uniform ist mehr bläulich. Und deutlich heller. Der Wachmann bückt sich noch einmal in den Wagen zurück. Steckt sich einen dunklen Gegenstand zwischen Bauch und Gürtel. Und stelzt hölzern auf den Bankeingang zu. An der Glastür zieht er den Gegenstand heraus und betritt die Bankfiliale. Eine Politesse schlendert die Türkenstraße herauf.

Herr Latzl bemerkt die aufgerissene Aspirinschachtel erst, als Herr Kaiser die Apotheke schon verlassen hat. Als kurz danach Fräulein Schuster, seine Mitarbeiterin, auftaucht, wartet er geduldig ab, bis sie ihren Unwillen über die heutige Hitze losgeworden ist.

„Die Türkenstraße ist wie ein Backrohr. Sie machen sich keine Vorstellung. Ich wette, man könnte Spiegeleier auf dem Trottoir braten."

„Na, na," beschwichtigt Herr Latzl.

Nach diesen Klagen kann er sie natürlich nicht wieder auf die Straße schicken.

„Schön, dass sie früher gekommen sind. Herr Kaiser hat wieder sein Aspirin vergessen. Ich bringe sie mal eben rüber in die Bank."

Fräulein Schuster lächelt dankbar.

Herr Latzl drückt sich durch die wieder mal ineinander verkeilten Autos, um auf die andere Straßenseite zu gelangen. Fräulein Schuster hat Recht. Die Hitze ist unerträglich. Geradezu tropisch. Nach wenigen Schritten ist sein Hemd bereits durchgeschwitzt.

Auch Robert schwitzt.

Der Plastiküberzug seines Sitzes scheint sich mit seiner Haut und seiner Hose untrennbar verbunden zu haben. Er stiert blicklos auf den Bankeingang und sieht den Apotheker erst, als dieser schon die Glastür aufschiebt. Im gleichen Augenblick pocht es heftig an die Seitenscheibe. Er schaut in das vorwurfsvolle Gesicht einer älteren Politesse, die mit beiden Händen an ihrem blauen Uniformhütchen nestelt.

Robert kurbelt das Fenster einen Spaltbreit herunter.

„Sie dürfen hier nicht stehen, junger Mann! Nicht einmal anhalten! Also machen Sie, dass Sie hier wegkommen! Dann drücke ich noch einmal ein Auge zu."

Sie kneift tatsächlich ein Auge zu, stellt Robert fest.

Ihre Stimme ist freundlich. Ihr Gesicht um einen strengen Blick bemüht.

Robert schaut unruhig zum Bankeingang.

Scheißplan! Verdammter Scheißplan! Die Politessen, natürlich! Nicht einmal die hat er in seinem beschissenen Plan berücksichtigt!

„Sie haben recht, aber…"

„Natürlich habe ich Recht, junger Mann! Also bewegen Sie Ihren Wagen jetzt weiter, bevor ich mich gezwungen sehe, von meinem Recht Gebrauch zu machen!"

Robert will auf seinem Sitz hin und her rücken. Aber er klebt fest. Er wirft einen hilflosen Blick unter ihr Häubchen.

„Nicht doch! „mahnt ihn die immer noch freundliche Stimme.

Die Politesse wiegt ihren rechten Zeigefinger wie einen Metronomzeiger hin und her.

Robert lässt den Motor an. Die Ventile klackern. Er fühlt sich sehr allein mit der Politesse.

„Bitte! „fleht er, während der Motor vor sich hin sputzt, „mein Freund ist da drin." Er zeigt auf den ‚Tengelmann'-Eingang. „Er ist gebrechlich. Er muss jeden Moment kommen!"

Die Politesse fixiert ihn jetzt unnachgiebig. Ihre Stimme ist nicht mehr freundlich.

„Es reicht! Zwingen Sie mich nicht, meine Pflicht zu vernachlässigen!"

Robert hantiert am Schalthebel. Zum ersten Mal freut er sich darüber, dass er klemmt. Er drückt wiederholt das Kupplungspedal nach unten. Metallisches Knirschen ist die einzige Antwort auf seine halbherzigen Bemühungen.

Die Polizeibeamtin stemmt beide Fäuste gegen ihre Hüften und lässt Robert nicht aus den Augen.

„Fahren Sie endlich!"

Robert hebt entschuldigend die Schultern und kämpft weiter mit dem Schaltknüppel, um ihn zu einem Zusammenspiel mit der Kupplung zu bewegen, hoffend, dass er den Kampf nicht gewinne.

Die Politesse durchschaut sein Spiel und greift entschlossen zu ihrem Strafzettelblock.

„Irgendwie haben Sie Ihr Auto ja auch hierher bewegt. Und auf dieser verbotenen Stelle zum Stillstand gebracht. Aber gut, wenn Sie's nicht anders wollen!"

Sie wirft einen Blick auf das Nummernschild und fängt zu schreiben an.

Robert bemerkt nicht, dass Alex aus der Bank heraustritt und auf ihn zu gerannt kommt. Die Beifahrertür wird aufgerissen. Ein Schwall Hitze dringt in den Kadett. Dass es außerhalb des Wagens noch heißer sein könnte, scheint Robert undenkbar. Er wendet sich erschrocken von der Politesse ab.

„Fahr los!" faucht Alex außer Atem.

Robert wundert sich, dass er allenthalben zum Wegfahren genötigt wird. Schielt zur Politesse, dann zu Alex, hebt noch einmal die Schultern und betrachtet ausführlich den Tachometer.

„Nun fahr schon endlich! Worauf wartest du noch?"

Robert scheint vor dem Tacho in Meditation versunken zu sein. Die Politesse unterbricht ihr Geschreibsel und glotzt ins Wageninnere.

Alex pufft Robert grob in die Rippen.

„Verdammt noch mal, Robert! Was ist mit dir? Fahr doch endlich!"

Er schaut gehetzt zum Bankeingang zurück. Dann wieder zu Robert, der die Wirklichkeit verlassen hat. Erst jetzt nimmt Alex die Beamtin wahr.

Alle starren bewegungslos. Robert auf den Tacho. Alex auf die Politesse. Die Politesse auf die Metallkassette, die Alex mit zitternden Händen an sich zieht.

„Verflucht!" zischt Alex und reißt den Schaltknüppel nach vorn.

Der Wagen macht einen Satz und schießt dicht vor einem Lieferwagen in den sich lichtenden Verkehr. Die Beamtin springt beiseite. Robert erwacht aus seiner Trance und

manövriert den Kadett durch das Gewühl der Türkenstraße.

Alex überprüft den Rückspiegel. Niemand verlässt die Bank. Die Politesse steht immer noch da. Ratlos. Unschlüssig. Mit ihrem Block in der einen und dem Stift in der anderen Hand.

„Dieser Scheißapotheker! Er hätte beinahe alles ver-masselt! Kommt einfach rein und fällt um! Kreislauf oder so. Karla hatte die Wachmänner voll im Griff."

Robert beschleunigt. Die Schellingstraße ist fast leer. Sie kommen gut voran.

„Hast du ihn eigentlich in die Bank gehen sehen? Und wenn schon, es hätte ja nichts genützt. Bricht dieser Tatterich am helllichten Tag in der Bank zusammen! Und weckt die Wachmänner aus ihrer Lähmung!"

Robert antwortet nicht. Er denkt an nichts. Er fährt.

6.

Hans Schreiber sieht den Apotheker hinter der Glastür der Bank verschwinden, vor der eben noch Karla gestanden hat. Er löst sich aus seiner Starre, ohne es selbst zu bemerken. Mechanisch bewegt er sich auf den Bankeingang zu. Noch ehe er die Bank erreicht stürzt einer der Wachmänner heraus. Er hält eine Metallkassette auf seinen Bauch gepresst. Als der Mann an ihm vorbei hetzt, erkennt Hans, dass es der mit der helleren blauen Uniform ist. Er springt in den Kadett, der immer noch in zweiter Reihe vor dem „Tengelmann" parkt. Eine Politesse steht neben dem Wagen und bewegt drohend ihren Zeigefinger. Aus dem Kadett dringen knirschende Laute. Wie Eisen, das auf Eisen reibt. Plötzlich schießt der Wagen mit einem Bocksprung nach vorne. Bremsen quietschen. Hans hört Flüche. Der Kadett verschwindet in einer grauen Wolke, taucht an der Schellingstraße wieder auf. Und schwindet aus seinem Sichtfeld.

Ohne zu wissen, wie er hineingelangt ist, sieht sich Hans nun in dem schlauchförmigen Bankraum stehen, dessen Vertrautheit ihn aus seiner Benommenheit schält.

Er mag diese untypische Bankfiliale, die eher wie eine Lotto-Annahmestelle wirkt. Es gibt nichts Auffallendes, nichts wirklich Modernes, aber auch nichts Behagliches. Er kann sich nur schwerlich einen geschmackloseren Bankraum vorstellen.

Das hellbraune Furnier des Tresens ist abgewetzt und aufgerissen. Vergeblich täuschen Holzkittfüllungen seine Intaktheit vor. Am Ende sitzt Frau Steinwetter, die Kassiererin, ohne die üblichen Schutzvorrichtungen. Keine schusssichere Glaskabine, keine Überwachungskamera. Und der Tresor im Hintergrund, der symbolische Altar der Filiale, steht auch heute sperrangelweit offen. Links neben dem Eingang gruppieren sich um ein niedriges an die Wand geklemmtes Nierentischchen drei kunstlederne ebenfalls abgewetzte Sessel und versuchen vergeblich einen Hauch Bequemlichkeit zu erwecken. Darum herum ranken die unvermeidlichen Einheitspalmen in Hydrokulturen.

Der Bankraum ist in fahles Neonlicht getaucht. Am Ende des Schlauches lehnt eine Tür halboffen. Das Allerheiligste des Filialleiters. Eher der bescheidene Büroraum einer Sozialhilfestelle als der Repräsentationsraum eines Bankdirektors. Diesen Raum hat Hans kennengelernt, als sein Konto wieder mal hoffnungslos unter den geduldeten Überziehungsrahmen gerutscht war.

Die Bankangestellten sind zuvorkommend. Ihre Freundlichkeit wirkt echt, ohne das übliche stereotype Lächeln. Ihre Fragen klingen interessiert, fast herzlich. Wann immer Hans die Filiale betrat, wehte ihm die offene Bereitschaft entgegen, ihn im ‚Familienkreis' mitaufzunehmen.

Wie in einem gelungenen Werbespot, denkt Hans.

Man gibt sein Geld bereitwillig und vertrauensvoll bei Frau Steinwetter ab. Und hat Hemmungen, es wieder bei ihr abzuheben.

„Guten Tag, Herr Schreiber!"

Herr Kaiser kommt auf Hans zu und legt eine Hand auf seine Schulter. Hans sieht den Apotheker zusammengekauert in einem der drei Sessel sitzen. Vor ihm steht ein Glas Wasser. Er döst vor sich hin. Mit der rechten Hand zerdrückt er eine weißgrüne Packung. Vermutlich ein Medikament. Seine linke Hand ruht an seiner Schläfe. Frau Steinwetter steht wie gewöhnlich vor dem Tresor, den sie zur Hälfte verdeckt. Sie bündelt Geldscheine in bereitliegende Banderolen. Hin und wieder führt sie eine Hand zum Mund und befeuchtet einen Finger. Die beiden Wachmänner lehnen unbeteiligt über dem Banktresen und rauchen.

Neben ihnen steht Karla.

So nahe ist er ihr noch nie gewesen. Und gerade durch diese Nähe scheint ihm die Distanz zu ihr unüberbrückbar.

Karla befindet sich auf einer Leinwand. Ihr Bild ist nah. Sie selbst unerreichbar.

Karla steht über ein Blatt Papier gebeugt und schreibt.

Ihr Kleid ist sehr kurz, stellt Hans fest. Die Farben darauf sind ihm zu grell. Er begutachtet ihre sonnenbraunen Beine.

Alles an Karla wirkt unnahbar. Unwirklich. Nicht nur für ihn, wie es scheint. Niemand der Anwesenden schenkt ihr Beachtung. Auch sie nimmt von niemandem Notiz. Ohne aufzuschauen kritzelt sie auf ein vor ihr liegendes Blatt Papier. Schiebt es von sich. Legt den Kugelschreiber beiseite. Und dreht sich um.

Das Spiel ist aus, denkt Karla, als sie Hans am Eingang stehen sieht.

Gleich wird er alles aufdecken und der Überfall kommt zu dem ihm gebührenden Ende.

Und ich freue mich darüber, wundert sich Karla.

Doch als sie an der Kasse angelangt ist, redet Hans immer noch nicht. Sie spürt seine Augen in ihrem Rücken.

Fang doch endlich an!

Hat er nicht die ganze Zeit auf diesen Augenblick gewartet? Jetzt ist sein großer Auftritt. Karla wartet neugierig auf seine Stimme. Und auch das überrascht sie.

Aber Hans steht nur da. Und stiert auf die Leinwand.

Als der Apotheker in die Bank trat, geriet Alex in Panik und fuchtelte mit seinem Revolver herum. Karla ist sicher, wäre das Ding nicht aus Plastik gewesen, er hätte geschossen. Dabei war es doch völlig egal, auf wen sich die Wachmänner konzentrierten. Hauptsache, sie waren abgelenkt. Dieser Idiot! Er hat seinen eigenen Plan nicht verinnerlicht. So wie alles abgelaufen ist, hatte das geplante Ablenkungsmanöver ohnehin keinen Sinn.

Warum nur hat sie nicht ihrem Instinkt vertraut? Alex ist ein Spinner! Er mag sie ja aus der Demo befreit haben. Das war noch lange kein Grund, wie eine Spinnerin hinter ihm her zu zockeln.

Der Apotheker war ein überaus genialer Regieeinfall des Schicksals. Den Alex nicht als solchen erkannte. Wie wenn im geeigneten Augenblick ein Krähenschwarm durchs Bild fliegt. Es bedürfte Wochen und Monate, um diese Szene beabsichtigt hinzukriegen. Ein Glück, das nur Idioten beschieden ist. Die es wiederum nicht begreifen. Karla erkannte ihren Vorteil sofort. Und nutzte ihn. Der Apotheker befreite sie aus ihrer ungeliebten Rolle. Er musste nicht überzeugen. Seine Rolle war echt. Er kam rein, knickte zusammen und fiel den Wachmännern direkt vor die Füße.

Immer noch wartet Karla darauf, dass Hans endlich zu sprechen anfange. Aber Hans Schreiber sagt nichts. Er beobachtet. Wie oben an seinem Fenster. Seine Lippen scheinen versiegelt. Er bewegt hilflos seinen Kopf hin und her.

„Bitte, Fräulein Tauber, bedienen Sie doch freundlicherweise Herrn Schreiber!" drängt Herr Kaiser.

Die Glastür der Bank wird aufgestoßen. Zwei weitere Uniformierte schlendern herein.

„Sie haben bei uns angerufen?" wendet sich der offensichtlich ranghöhere Beamte an Herrn Kaiser.

„Wir sind überfallen worden."

Der Beamte sieht sich nach allen Seiten um.

„Sieht eher aus, wie bei'ner Geburtstagsparty!" bemerkt er trocken.

„Münchner Gemütlichkeit," pflichtet ihm sein Kollege bei.

Die Polizisten nehmen ihre Schirmkappen ab und gehen auf Herrn Kaiser zu.

„Was kann ich für Sie tun, Herr Schreiber?" sagt Fräulein Tauber mit belegter Stimme.

Hans Schreiber versteht noch immer nicht, dass er hier zum Mitspielen aufgefordert wird. Seit wann wird man im Kino genötigt eine Rolle im laufenden Film zu übernehmen?

Verwirrt schaut er zu Fräulein Tauber hoch. Ihr Gesicht verbirgt sich hinter einer wuchtigen Hornbrille. Ihr grauweißer Dutt wogt vor und zurück.

Hans dreht sich zögernd zu Karla um.

Sie lächelt und verstaut ihre Sonnenbrille in einem kupferfarbenen Etui.

Hat sie gelächelt? Hat sie mich wirklich angelächelt? Wie lange hat Hans auf dieses Lächeln gewartet! Wie oft hat er es ersehnt! Und dass es ihm gelten möge! Jetzt hat sie gelächelt! Hat ihn angelächelt!

Fräulein Tauber schaut zwischen Hans und Karla hin und her.

Karla bewegt ihre Lippen. Er kann es deutlich erkennen. Und auch in ihren Augen kann er es lesen, fordernd, flehend: Sag doch endlich was! Sag es ihnen! Sag alles!

Hans fühlt sich wie ein überrumpelter Statist. Für derartige Regieanweisungen scheint sie ihm nicht ausreichend autorisiert. In hastigen Drehungen verteilt er abwechselnd seine Aufmerksamkeit auf Fräulein Tauber und Karla.

Wenn er doch nur lächeln könnte!

„Fühlen Sie sich nicht wohl, Herr Schreiber? „erkundigt sich Fräulein Tauber besorgt. Auch sie schenkt ihm ein Lächeln.

Schließlich lächelt auch Hans.

Aber in die falsche Richtung.

„Ich möchte mein Konto löschen."

Wenn er sich jetzt umdrehen könnte!

Mit großer Anstrengung bemüht er sich sein Lächeln aufzubewahren, bis er sich um seine eigene Achse gedreht hat.

Als er sich endlich umwendet, ist Karla aus der Bank verschwunden.

7.

„Ziehen Sie weg, Herr Schreiber?"

„Wie bitte? Weg? Warum? Nein. Ich weiß nicht."

„Nur so, weil Sie schon so lang unser Kunde sind."

Warum sollte ich deswegen wegziehen? Dachte Hans.

„Wer war das gerade?" bellt der ranghöhere Beamte zu Fräulein Tauber hin.

Fräulein Tauber hebt die Schultern.

„Eine Kundin."

„Kennen Sie sie?"

„Nein, sie war zum ersten Mal da. Sie hat ein Konto eröffnet."

„Und wir lassen einen wichtigen Zeugen einfach so hinausmarschieren."

„Zeugin. Potentielle Zeugin, Rudi."

„So, so, seit wann nimmst du es denn so genau mit den Geschlechtern, Fritz? Und was heißt hier potentiell?"

„Potentiell heißt, dass wir gar nicht wissen, ob die Kundin was gesehen hat. Und gerade du, Rudilein, solltest eigentlich wissen, dass ich es genau nehme mit den Geschlechtern!"

„So, jetzt weiß es jeder. War das nötig?"

„Lasse uns nicht streiten, Rudi! So oder so, Zeugin oder Zeuge, sie stehen uns nicht mehr zur Verfügung."

„Hier bitte, Ihre Unterschrift, Herr Schreiber! Ihr Geld bekommen Sie dann bei Frau Steinwetter nebenan an der Kasse."

„Welches Geld?"

Wieder lächelt ihn Fräulein Tauber an.

„Aber, Herr Schreiber, Sie haben doch gerade Ihr Konto bei uns aufgelöst."

„Konto? Ah ja."

„Allerdings müssen wir vorerst noch einen kleinen Betrag einbehalten, für anfallende Kontoschließungsgebühren."

Hans nickt und geht auf die Kasse zu, wo Frau Steinwetter noch immer Scheine in Banderolen bündelt, auf die sie ihr Kontrollzeichen kritzelt.

„Tja, eine merkwürdige Sache! Nicht wahr, Fräulein Tauber?" murmelt Herr Kaiser nachdenklich.

Einer der beiden Wachmänner löst sich vom Banktresen und geht auf die Polizisten zu.

„Merkwürdig! Das ist das richtige Wort!"

„Was war denn da so merkwürdig?"

„Kaum war'n wir in der Bank, der Loisl und ich, da ist's auch schon passiert Wars net so, Loisl?"

„Es war wie du's sagst, Sepp."

„Was ist denn nun passiert! Kommt zur Sache!" fordert der mit Rudi angeredete Beamte ungeduldig.

Fritz, sein Kollege, setzt einen strengen Blick auf, um ein Grinsen zu vertuschen, das über sein Gesicht huscht.

Die beiden Wachmänner schauen sich erstaunt an.

„Also, was ist nun passiert, nachdem ihr beiden in der Bank wart?"

„Das wollten wir doch gerade erzählen, ist's net so, Loisl?"

Der mit Loisl angesprochene Wachmann nickt.

„Also, kaum war'n wir in der Bank, da reißt einer die Tür auf, so ein Bärtiger. Und hampelt wie narrisch umeinander."

„Er hat also einen Bart gehabt?"

„Ja freilich hat er einen Bart gehabt, Herr Wachtmeister! Oder kennen Sie vielleicht auch Bärtige ohne Bart?"

Der Polizist winkt ab.

„Zudem hat er einen Revolver in der Hand gehabt."

„Er hat euch mit einem Revolver bedroht?"

Der Wachmann betrachtet den Beamten argwöhnisch.

„Was ist? Warum schaust du mich so an?"

„Ich mein ja nur. Wenn Sie alle meine Fragen wiederholen, werma noch lang da herin stehen, Herr Wachtmeister."

„Das lass unsere Sache sein! Er hat euch also mit einem Revolver bedroht?"

„Bedroht nicht direkt, gell Loisl? Dös war ja das Merkwürdige."

„Was soll das heißen? Hat er euch nun bedroht? Oder hat er euch nicht bedroht? Und seid ihr sicher, dass es ein Revolver war?"

Der Wachmann seufzt.

„Dös waren aber jetzt viele Fragen gleichzeitig, Herr Wachtmeister. Sie bringen einen ja ganz aus'm Konzept. Was wollen Sie jetzt der Reih nach genau von mir wiss'n?" Herr Kaiser versucht ein Lachen zu unterdrücken. Frau Steinwetter ist mit Hans Schreiber an der Kasse beschäftigt. Fräulein Tauber prustet in ein Taschentuch.

„Was war denn nun so merkwürdig?" fragt der Beamte mit beherrschter Stimme.

Sein Kollege dreht sich zur Seite.

„Eigentlich ist merkwürdig doch net das passende Wort."

„Es kommt doch jetzt nicht auf das richtige Wort an. Was war denn so mysteriös?"

„Mysteriös! Ja. Genau dös Wort hab i gesucht gehabt! Da waren nämlich zwei Sachen. Die net zueinander passt ham."

„Was denn für zwei Sachen? Mann, sag doch in kurzen klaren Worten, was hier vorgefallen ist!"

„Na, Herr Wachmeister, kurz und klar kann man so einen Vorfall net wiedergeben, der so mysteriös war."

„Du, lieber Himmel! Nenn mich nicht immer Wachtmeister! Ich bin kein Wachtmeister!"

„Das weiß ich ja, Herr Wachtmeister. Aber wie soll ich Sie denn nennen? Ich kann doch net einfach Rudi zu Ihnen sag'n! Dös wär vielleicht doch a bisserl zu, zu - no, zu familiär, meinens net auch?"

Herr Kaiser kann sein Lachen nicht mehr zurückhalten. Auch Fräulein Tauber bricht in Gelächter aus. Hans Schreiber und Frau Steinwetter schielen irritiert nach hinten. Die Polizisten stehen mit versteinerten Gesichtern vor den Wachmännern.

Aus dem Hintergrund gluckst verhaltenes Kichern.

Der Apotheker kauert immer noch in einem der Wartesessel und presst eine Hand auf seinen Mund. Er scheint sich erholt zu haben.

„Wollen Sie jetzt, dass ich weiterberichte, oder ist's Ihnen lieber, wen Sie mir Fragen stellen?"

Der Beamte fordert ihn mit einer resignierten Handbewegung auf, weiter zu erzählen.

„Jetzt hab i den Faden verlor'n."

„Ihr wolltet uns von zwei Sachen berichten..."

„Richtig. Zwei Sachen. Der Bärtige hat uns bedroht. Und auch wieder nicht. Das heißt, er selber hat's vielleicht schon geglaubt..."

„Was hat er geglaubt?"

„Na, dass er uns bedroht, hat er geglaubt. Er hat ja auch mordmäßig rumg'werkelt mit seinem Plastikrevolver..."

„Plastikrevolver?"

„Ja, das hat jeder Depp sehen können! Ein Spielzeugrevolver war das. Nicht einmal für eine Wasserpistole hätt' der getaugt."

„Ja, und? Mann, kannst du dich nicht etwas bündiger fassen?"

Der Wachmann geht einen Schritt zur Seite, blickt seinen Kollegen an und schüttelt den Kopf.

„Bündiger soll ich mich fassen? Sie san's doch, Herr Wachtmeister, der mit seiner Nachfragerei die ganze Sach' unnütz in die Länge zieht."

„Jetzt wirst du auch noch unverschämt!"

Sepp wendet sich an den anderen Beamten.

„Haben wir vielleicht was verbrochen? Nur weil wir zufällig in der Bank waren, wo dieser Narrische reinkommt? Stehen Sie mal mit einer Geldkassette da und lassen sich von einer Waffe bedrohen!"

„Das Ganze war doch offensichtlich völlig harmlos!"

„Harmlos? Naa, harmlos war das Ganze nicht, gell Loisl?"

„Wie du sagst, Sepp."

„Da war ja noch die zweite Sache, die ich Ihnen schon längst erzählt hätt", wenn Sie mich nicht dauernd unterbrechen tät'n. Der Narrische, der Bärtige, praktisch, der war nämlich in Uniform!"

Der Wachmann schaut die beiden Beamten triumphierend an. Dann dreht er sich um und überprüft die Wirkung seiner Worte auch auf die anderen Anwesenden.

„Ja, das war wirklich merkwürdig," bestätigt Herr Kaiser, „der Mann hatte tatsächlich eine Wachmannuniform an. Von einer Firma, die schon jahrelang nicht mehr für uns arbeitet. Ich selbst hätte mich nicht erinnert. Aber Sie müssen wissen, unsere Frau Steinwetter hat ein phänomenales Gedächtnis. Kaum war der ominöse Wachmann wieder verschwunden, wies sie mich daraufhin, dass er eine Uniform von „Securtrans" trug. Diese Firma arbeitet schon seit langem nicht mehr für uns."

„Gut, gut," drängt der wortführende Beamte, „dieser Mann hatte also einen Revolver aus Plastik, den, ich zitiere, „jeder Depp" als solchen erkannt hätte...?"

„Jeder Depp!" bestätigt der Wachmann.

„Des Weiteren trug er eine Wachmannuniform. Von einer Gesellschaft, die nicht mehr für Ihre Bank arbeitet. Soweit richtig?"

Herr Kaiser nickt.

„Ja, und dann hat uns der Narrische, Sie wissen schon, der Bärtige, seinen Spielzeugrevolver unter die Nas'n g'halten und uns aufgefordert, ihm die Geldkassette auszuhändigen."

„Und?"

„Wir haben sie ihm ausgehändigt, ist's net so, Loisl?"

„Ihr habt sie ihm ausgehändigt?"

„Ja freilich haben wir sie ihm ausgehändigt. Er hat uns höflich und kompetent gefragt. Dös wird Ihnen der Loisl bestätigen."

„Er hat also höflich gefragt, und da habt ihr ihm die Kassette ausgehändigt?"

„Er war ja praktisch ein Kollege."

„Aber von einer anderen Gesellschaft. Das müsst ihr doch gemerkt haben?"

„Ach, wissens, Herr Wachtmeister, der Loisl und ich, wir haben's net so mit der Politik. Da mischen wir uns in nix rein. Wir holen Geld. Und bringen Geld. Das ist unsere Aufgabe. Und dafür werden wir bezahlt. Mit dem anderen Zeugs da wollen wir nix zu tun haben, der Loisl und ich."

Loisl räuspert sich.

„Was ist? Wolltest du was sagen?"

„Woaßt scho," grunzt Loisl und räuspert sich noch einmal, „wir hab'n dös mehr oder weniger für einen Scherz g'halten."

„Einen Scherz?"

„Naja, der nervöse Kollege..."

„Kollege? Ich hör immer Kollege. Habt ihr den Mann denn gekannt?"

„Was ma halt so Kollege nennt," mault Loisl und zuckt die Schultern.

„Also gut, Loisl! Du heißt doch Loisl?"

„Jawohl, Herr Wachtmeister, Alois Leiminger. Warum?"

„Du siehst doch ein, Loisl, dass wir so nicht weitermachen können. Siehst du das ein?"

Loisl schweigt und schaut auf seine Füße.

„Da hat ein Überfall stattgefunden. Das habt ihr beiden doch inzwischen begriffen? Ein Überfall auf diese Bank. Bei dem eine Geldkassette entwendet wurde. Ein bewaffneter Raubüberfall, Loisl! Hast du das verstanden?"

„Ich weiß net recht..." meldet sich der Wachmann Sepp dazwischen.

„Der Kollege hat den Loisl g'fragt," unterbricht ihn der Beamte Fritz.

„Raubüberfall? Bewaffnet? Sind's mir net bös, Herr Wachtmeister! Das war doch ein Aprilscherz. Finden Sie net auch?"

„Ein Aprilscherz? Jetzt im Juli?"

„Wieso? Die Maikäfer flieg'n ja auch weit über den April hinaus herum."

„Aber geh, Loisl!" mischt sich jetzt Sepp wieder ein, „damit kannst du dem Herrn Wachtmeister doch net

kommen, Maikäfer gibt's schon lang keine mehr! Dös
woaß a jed's Kind."
„Ja, aber als sie's noch gegeb'n hat…"
„Es reicht!" brüllt der Beamte Rudi und bahnt sich einen
Weg an den beiden Wachmännern vorbei, „es gibt ja
genügend andere Zeugen hier, wie ich sehe."
„Als ich aus meinem Büro herauskam, war alles schon
vorbei," sagt Herr Kaiser.
„Und Sie?"
Fräulein Tauber schüttelt traurig den Kopf.
„Ich war mit der Dame beschäftigt, die gerade zur Tür
hinausgegangen ist."
„Und haben nichts Auffälliges bemerkt?"
„Auffälliges? Nein. Doch! Alle haben die Dame angestarrt.
Die haben gar nicht mehr wegschauen können von ihr.
Freilich war die Dame sehr attraktiv."
„Aufreizend hergerichtet war sie! Das war alles!" bellt Frau
Steinwetter von ihrer Kasse herüber.
„Haben Sie vielleicht noch etwas bemerkt?"
„Ehrlich gesagt, nein! Die Dame hat ein Konto bei uns
eröffnet und da gab's allerlei Formalitäten zu erledigen.
Gewundert hab ich mich nur, dass sie so wenig einzahlt.
Wo sie doch so aufgetakelt war."
„Was ist daran auffallend? Was hat das miteinander zu
tun?"
„Na hörens, würden Sie im Badekostüm reinschneien und
ein Konto mit 20 Mark eröffnen?"
„Im Badekostüm reinschneien?"
„No, recht viel mehr hat's ja net ang'habt, die feine Dame."
„Und sonst? Haben Sie nichts bemerkt?"
Frau Steinwetter schüttelt den Kopf.
„Was soll ich denn noch bemerkt haben?"
„Na, da kommt ein unerwarteter dritter Wachmann zur
Tür herein, droht mit einer Waffe und verschwindet mit
einer Geldkassette. Und Sie haben nichts davon bemerkt?"
„Ja, natürlich. Aber das ist ja schon ausgiebig zur Sprache
gekommen, nicht wahr?"

„Sie haben besagte Szene also gesehen?"

„Na ja, aus dem Augenwinkel," räumt Frau Steinwetter ein.

Der Beamte hält mit beiden Händen seinen Kopf fest. Sein Kollege tippt an seine Schulter und deutet auf den Apotheker im Sessel.

„Rudi, vielleicht weiß der was, was wir noch nicht wissen?"

„Ich weiß net recht, Fritzi, irgendwie werd' i das G'fühl net los, dass wir hier nur an der Oberfläche herumkratz'n. Und nicht zum eigentlichen Kern vordringen."

„Ich verstehe nicht. Wie meinst du das, Rudi?"

Hans Schreiber steht immer noch wie unsichtbar an der Kasse.

„Kleine oder große Scheine?" will Frau Steinwetter jetzt wissen.

„Bitte?"

Hans schaut irritiert auf.

„Wie wollen Sie's denn haben, Herr Schreiber?" schnauzt Frau Steinwetter genervt.

Die Beamten, die sich gerade an den Apotheker wenden wollten, horchen auf und drehen sich wieder um. Hans scheint seine unfreiwillig aufgesetzte Tarnkappe verloren zu haben. Alle Blicke ruhen jetzt auf ihm. Er wirft einen prüfenden Blick auf Frau Steinwetter. Er kennt sie nur freundlich.

„Ist doch ein merkwürdiger Zufall!" grunzt der Beamte Rudi, „war der Kunde schon in der Bank, als der seltsame Überfall passiert ist?"

„Nein, aber er kam unmittelbar danach. Worauf wollen Sie hinaus?" erkundigt sich Herr Kaiser.

„Und die Dame, war sie da, als der Überfall vonstatten ging?"

„Die ist kurz zuvor in die Bank gekommen?"

„Und hat ein Konto aufmachen wollen?"

„Ja."

„Und der Kunde dort an der Kasse löst sein Konto auf, wenn ich das richtig verstanden habe?"

„Auch das ist korrekt!"

„Also, wenn ich jetzt mal rekapitulieren darf: eine auffallend attraktive Frau kommt in die Bank und will ein Konto aufmachen. Ihr folgen die zwei Wachmänner und bringen eine Kassette rein. Kurz darauf kommt ein weiterer Wachmann, bedroht alle mit einem Revolver. Man händigt ihm die Geldkassette aus. Er verschwindet. Und unmittelbar darauf kommt ein Kunde und löst sein Konto auf. Sehe ich das richtig? War das in etwa so?"

„In etwa," bestätigt Herr Kaiser, „Sie haben den Apotheker vergessen!"

„Ach ja, richtig, den Apotheker!"

Herr Kaiser berichtet, wie der Apotheker hereinkam, ihm seine Tabletten nachtrug, und dann zusammenbrach.

„Das kommt öfter vor," schließt Herr Kaiser, „dass ich meine Tabletten in der Apotheke vergesse. Ich bin nämlich aspirinsüchtig. Herr Latzl weiß das. Nicht wahr, Herr Latzl?"

„Na, na, so schlimm ist's wohl noch nicht."

„Meist nehme ich gleich in der Apotheke eine Tablette. Und lasse dann die Packung liegen."

Der Beamte wendet sich an den Apotheker.

„Nun, das passiert schon hin und wieder mal," lächelt dieser nachsichtig.

„Und Sie bringen dann die Tabletten zur Bank?"

„Hin und wieder, ja."

„Und brechen dann zusammen?"

„Nein, natürlich nicht!" lacht der Apotheker, „es muss wohl die Hitze sein! Sonst ist es meist meine Mitarbeiterin, die Herrn Kaiser sein Aspirin nachträgt."

„Aber heute sind Sie selbst gegangen?"

„Wie Sie sehen! Was sollen all diese Fragen?"

„Sie haben natürlich auch nichts Auffallendes bemerkt? Einen Wachmann, zum Beispiel?"

Der Apotheker schaut die beiden Polizisten verwundert an.

„Ist Ihnen nicht gut?" fragt der Beamte, „soll ich meine Frage nochmal wiederholen?"

Der Apotheker kichert vor sich hin.

Was er denn so lustig finde?

Der Apotheker deutet verlegen auf die beiden Wachmänner.

„Nun, da wären ja gleich zwei von den Exemplaren!"

Der Beamte seufzt.

„Aber einen dritten haben Sie nicht gesehen? Einen mit einer Waffe in der Hand?"

„Herr Latzl ist ohnmächtig gewesen, Sie sehen ja, er ist immer noch nicht ganz auf den Beinen!" fällt Herr Kaiser ärgerlich dazwischen.

„Richtig! Er kam rein und ist dann gleich umgefallen. Merkwürdig, merkwürdig," brummt der Beamte und sieht seinen Kollegen nachdenklich an.

Er wendet sich wieder an die Wachmänner.

„Also nochmal von vorn. Was ist passiert, nachdem ihr dem Täter die Kassette ausgehändigt habt?"

Der Wachmann Sepp schiebt seine Unterlippe vor.

„Nix is passiert. Was hätt' denn noch passieren sollen? Der Kollege hat ja jetzt g'habt, was er wollte. Ich frag mich nur, warum er so unruhig war."

„Auch dann noch, als er die Kassette schon hatte?"

„Das ist es ja gerade! Er ist immer fahriger geworden."

„Und? Was war dann?"

„Dann hat der Kollege geflucht. Und ist raus gerannt."

„Mit der Kassette?"

„Ja freilich mit der Kassette. Um die ist's ihm ja gegangen."

„Was hat er denn geflucht?"

Die Wachmänner schauen betreten auf ihre Füße.

„Was ist jetzt? Hat er geflucht oder nicht?"

Die beiden nicken.

„Wollen Sie wirklich, Herr Wachtmeister, dass wir das wiederholen, was der Kollege geflucht hat?"

„Natürlich, Mann! Wir ermitteln hier in einem Raub-überfall! Also sagt schon endlich, was der Mann geflucht hat!"

„Sag's du ihm, Loisl, was der Kollege g'rufen hat!"

„Scheiße! Ja, Scheiße, verdammte Scheiße hat er g'rufen!" sagt Loisl.

„So, Herr Schreiber, das sind jetzt 320 Mark," sagt Frau Steinwetter und blättert die Scheine vor Hans auf den Banktresen, „Fräulein Tauber hat Ihnen ja schon gesagt, dass wir einen kleinen Betrag einbehalten, bis das Konto endgültig geschlossen ist."

„Und da is uns dann ein kleiner Zweifel gekommen, dem Loisl und mir," fügt Sepp hinzu.

„Was denn jetzt wieder für ein Zweifel?" fragt der Beamte mit unterdrücktem Zorn.

„Weil der doch so laut Scheiße g'schrien hat! So als hätte er's schon g'wußt, obwohl er's doch noch gar net hat wissen können."

„Was hat er nicht wissen können? Und was war denn da, verdammt nochmal, so dubios? „

Loisl strahlt den Polizisten an.

„Dubios! Ja, das ist das richtige Wort. Dubios! Dass mir dös net eing'fall'n ist! Ganz offensichtlich hat's der Kollege nicht g'wußt. Sonst hätt' er ja die Kassette nicht so dringlich hab'n woll'n. Andererseits hat er dann das besagte Wort gebraucht, als er die Kassette schließlich g'habt hat. So als hätt' er's eben doch gewusst. Oder vielleicht g'spürt. Sowas soll's ja geben, dass einer was spürt, was er noch net weiß."

„Was? Was soll er denn gespürt, gewusst, oder nicht gewusst haben?"

„Eben, Herr Wachtmeister, dös is ja dös Dubiose: In der Kassette war gar nix drin."

Der ranghöhere Beamte schnappt nach Luft. Sein Kollege starrt mit weit aufgerissenen Augen die beiden Wachmänner an. Dann drehen sich beide zu Herrn Kaiser um.

„Soll das heißen: die Kassette war leer? Da war gar kein Geld drin?"

„Das ist zutreffend," bestätigt Herr Kaiser, „die Kassette sollte hier bei uns gefüllt, und das Geld in unsere Zentrale am Promenadeplatz gebracht werden. Freitags lassen wir niemals Geld in unserem Tresor. Anordnung von oben."

Die beiden Beamten sehen sich an, als hätten sie sich nach langer Zeit völlig unerwartet hier in dieser Dresdnerbankfiliale getroffen und erkennen sich nun gegenseitig wieder.

„Wenn ich das richtig gehört habe, ist der Täter also mit einer leeren Geldkassette geflohen?"

Schweigen.

„Ein Wachmann, der keiner ist, droht mit einer Pistole, die keine ist und erbeutet eine Geldkassette in der kein Geld ist?"

Der Beamte Rudi schüttelt sich und streift seine Uniform zurecht. Dann nimmt er seine Schirmmütze und setzt sie sich auf. Sein Kollege folgt seinem Beispiel.

„Ich bin jetzt seit 20 Jahren bei der Polizei. Aber..."

Er bricht ab und rückt seine Mütze zurecht.

„Zwischen einer mysteriösen Kontoeröffnung und einer Kontoschließung verschiedener Personen unterschiedlichen Geschlechts hat sich ein Raubüberfall auf eine Bankfiliale ereignet, bei dem nichts abhandengekommen ist und nichts erbeutet wurde und für den es praktisch keine Zeugen gibt."

„Immerhin war es eine von unseren Kassetten, wenn ich das mal anmerken darf," fügt Frau Steinwetter hinzu.

„Die leer war," ergänzt einer der Beamten.

„Die uns jetzt aber fehlt, um das Geld zu transportieren, weswegen wir überhaupt hergekommen sind," sagt der Wachmann Sepp bockig.

„Außerdem gibt es ja einen Zeugen," erinnert der Beamte Rudi, „und dieser Zeuge hat ein Konto eröffnet."

„Erstens, *Zeugin*, Rudi, dös muss ma schon unterscheid'n. Und zweitens ist sie uns entwischt!"

„Aber, geh, Fritzi! Wenn sie ein Konto aufgemacht hat, musste sie doch ihren Ausweis vorlegen? Es ist doch so, oder?"

„Selbstverständlich muss sich ein Kunde bei uns ausweisen, wenn er ein Konto eröffnet," sagt Herr Kaiser.

„Wozu benötigen wir eigentlich einen Zeugen?" fragt der Beamte Fritz, „es gibt praktisch keinen Geschädigten."

Er wirft einen beruhigenden Blick auf Frau Steinwetter.

„Ja, ja, ich weiß, da gibt es den Verlust der Metallkassette. Den wird die Bank wohl verkraften können..."

„Fritz!" ermahnt ihn sein Kollege.

„Ist doch wahr!"

„Komm jetzt, Fritzi, für uns gibt's hier nichts mehr zu tun!"

Hand in Hand gehen die beiden Beamten auf den Ausgang zu. Der Beamte Fritz nörgelt vor sich hin.

Hans Schreiber rollt die Geldscheine zusammen und stopft sie in seine Hosentasche.

„Auf Wiedersehen, Herr Schreiber!" sagt Frau Steinwetter, schaut zu Herrn Kaiser hinüber und deutet auf ihre Armbanduhr.

„Fräulein Tauber, begleiten Sie doch bitte Herrn Schreiber zur Tür und schließen dann hinter ihm ab! Auf Wiedersehen, Herr Schreiber, und alles Gute!"

„So," sagt Fräulein Tauber und kommt schlüsselwedelnd von der Tür zurück.

Der Wachmann Loisl nestelt am Ärmel seines Kollegen.

„Herr Direktor!"

Herr Kaiser schaut die beiden fragend an.

„Ich glaub, der Loisl wollt Ihnen noch was mitteilen."

„Nun, Herr Leiminger?"

Loisl windet sich, wirft einen Blick zur Tür, und schaut verschmitzt in die Runde.

„Fragen Sie mich mal, was ich mir insgeheim gedacht hab!"

„Also, Herr Leiminger, was haben Sie insgeheim gedacht?"

„Was hätten Sie denn gedacht, Herr Direktor, wenn Sie an meiner Stelle gewesen wären?"

„Das steht hier nicht zur Debatte. Ich dachte, Sie wollten mir verraten, was Sie gedacht haben. Ich bin nicht an Ihrer Stelle."

„Sehens und genau da liegt das Problem. Ich find mich da in einer Situation, in die ich gar nicht reingehöre. Ich war praktisch auch nicht an meiner Stelle, sozusagen, wenn's versteh'n was ich meine."

„Nun wissen wir noch immer nicht, was Sie insgeheim gedacht haben, Herr Leiminger."

„Ja, was hätt' ich schon denken sollen, in einer Situation, in der ich net drin bin, in der ich quasi gar nicht ich bin?"

„Nun?"

„I merk scho, Sie versteh'n net, was ich Ihnen sagen will, gelln's Herr Direktor?"

Wieder windet sich Loisl, zieht seinen Kopf ein und schaut schelmisch nach oben.

„Ich will damit sagen, dass ich mir exakt das gleiche gedacht hab, was Sie sich gedacht hätten. Sie wären ja in dem Fall auch nicht an ihrer Stelle gewesen."

„Ich verstehe nicht. Was haben Sie sich nun gedacht, Herr Leiminger?"

„Nix, natürlich, nix hab ich gedacht, weil man ja gar nicht denken kann, wenn man nicht an seiner Stelle ist. Aber irgendwie haben der Wachtmeister und sein Kollege das net begreifen woll'n."

„Wir haben ja einen wahren Philosophen unter uns," sagt Herr Kaiser bewundernd.

„Finden Sie?"

5

Flucht

1.

„Stümper sind wir! Totale Stümper!"
Robert hält die Spannung nicht mehr aus. Zuviel hat sich
in ihm angesammelt. Er jagt den Wagen die Schellingstraße
entlang in westlicher Richtung.
„Fahr um Himmels willen nicht so schnell, Robert. Es ist
niemand hinter uns her. Oder willst du, dass alle auf uns
aufmerksam werden"
Alex kaut auf einem Hörnchen herum. Hofft, seinen
rebellierenden Magen damit zu beruhigen.
„Ohne Masken, ohne alles. Jeder erkennt dich sofort
wieder. So ein Arschgesicht vergisst man doch nicht! Und
dann die Politesse! Nicht einmal daran hast du gedacht!
Nichts aber auch gar nichts hast du vorausgedacht. Und
das nennst du „Plan"?"
„Du quatschst heute mächtig viel! Fahr endlich langsamer!
Du hetzt uns sonst wirklich noch die gesamte Münchner
Polizei auf den Hals!"
„Ach, halt's Maul, Alex! Ich hab die Schnauze voll von uns
beiden!"
„Immerhin beziehst du dich mit ein. Lass hören! Was passt
dir denn plötzlich nicht an uns?"
Robert nimmt seinen Fuß vom Gaspedal, biegt in die
Schleißheimerstraße ein und fährt in nördlicher Richtung
weiter.
„Plötzlich? Es steht mir schon lange bis hier oben! Ich
muss verrückt gewesen sein, diesen abartigen Unsinn mit
dir durchzuziehen. Jetzt kann ich meine Doktorarbeit als
Klopapier verwenden."
„Das würde ich lieber lassen, Du reibst dir nur den Arsch
damit wund." Alex rüttelt an ihm. „Ich erkenne dich nicht
wieder, Robert. Wozu das Gewinsel? Worüber beklagst du
dich? Ist doch alles zu bester Zufriedenheit gelaufen. Was
schert dich noch deine dämliche Doktorarbeit? Die ist
doch sowieso für nix gut. Wie gesagt, nicht einmal zum
Hintern abwischen."

„Immerhin arbeite ich seit Jahren daran. Falls du das überhaupt gemerkt hast, was ich in Kenntnis deiner Person allerdings bezweifle."

„Dass du dich lange damit beschäftigt hast, erhöht noch nicht ihren Wert. Es gibt jede Menge Menschen, die quatschen ununterbrochen und es kommt nichts Vernünftiges dabei heraus."

„Du dachtest doch nicht etwa an dich dabei?"

„Mensch Robert, wach auf! Wir haben jetzt Geld. Begreifst du das nicht? Viel Geld! Vermutlich mehr als wir ausgeben können. Was kümmert dich da deine Doktorarbeit?"

„Auch wenn du es nicht verstehen kannst, und wahrscheinlich nie verstehen wirst, meine Doktorarbeit bedeutet mir etwas. Sie ist wichtig für mich. Wieviel Geld wir auch immer erbeutet haben mögen, ich kann sie mir nicht damit kaufen. Und was den Umfang der Beute betrifft, du sagst es ja selbst: ‚vermutlich'."

„Was vermutlich?"

„Vermutlich mehr."

„Hör auf zu orakeln, Robert! Auch meine Nerven sind angeschlagen. Denn falls du es mitgekriegt hast, war ich derjenige, der seinen Kopf in die Schlinge gesteckt hat. Also was meinst du mit ‚vermutlich mehr?'"

„Hast du denn schon in die Kassette reingeschaut?"

„Wie du weißt, haben wir keinen Schlüssel. Wir müssen erst Werkzeug besorgen." Alex wiegt die Metallkassette mit beiden Händen. „Fühlt sich schwer an."

„Am meisten wiegt die Kassette selbst. Und vielleicht sind ja nur Münzen drin." Wie gesagt: vermutlich mehr."

„Jetzt sag endlich! Was meinst du mit ‚vermutlich mehr'? Ich mag es nicht gerne, wenn man mir halbe Sätze zuwirft."

Robert überquert den Mittleren Ring, fährt nun in moderatem Tempo immer weiter in Richtung Norden an gleichaussehenden Wohnblocks vorbei.

„Es ist mir egal, was du gerne magst oder nicht, Alex. Scheißegal!" Er atmet einmal tief ein und wieder aus. „Aber wenigstens sind die Ampeln grün."

„Alles Planung," grinst Alex.

Sie erreichen die nördliche Stadtgrenze. An der Panzerwiese im Hasenbergl fährt Robert rechts an den Straßenrand. Bremst ruckartig. Reißt die Tür auf. Und springt aus dem Auto.

„Was ist los? Spinnst du jetzt?"

„Du hast's immer noch nicht begriffen, gell? Ich-steige-aus."

„Das sehe ich! Du bist bereits ausgestiegen. Aber wir sind noch nicht da!"

Robert setzt zu einer wegwerfenden Handbewegung an. Doch selbst die scheint ihm Alex nicht wert zu sein. Er lässt seine Hand wieder herunterfallen. Läuft über die Fahrbahn. Und geht auf der anderen Straßenseite wieder stadteinwärts.

„Robert! Was soll das? Du weißt genau, dass ich keinen Führerschein mehr habe. Robert! Das ganze viele Geld! Willst du das alles mir allein überlassen? Rooobert!"

„Das vermutlich viele," grummelt Robert vor sich hin. Und geht ohne sich umzudrehen weiter. Bei einer Abfalltonne hält er inne, kommt noch einmal zurück.

„Ich wusste es! Du wirst doch nicht auf deinen Anteil verzichten. Jetzt wo alles vorbei ist," triumphiert Alex.

Robert zieht einen kleinen Schraubenzieher aus seiner Jacke, schraubt die falschen Nummernschilder ab, klemmt sie sich unter den Arm. Und wirft sie in die Abfalltonne.

„Das ist mein letzter Beitrag zu deinem genialen Plan," ruft er zurück und geht die Schleißheimerstraße stadteinwärts weiter. Schweiß quillt ihm aus allen Poren. Sein Hemd klebt klatschnass auf seiner Haut. Wie spät mag es sein? Vielleicht eins? Als er eine Straßenbahnhaltestelle erreicht, gibt es keine trockene Stelle mehr an seinem Körper. Ihm ist als sei er von einem Wolkenbruch überrascht worden. Die Nässe an seinem Körper ist heiß und klebrig. Um ihn herum wummert der Verkehr. Seine Gedanken kehren nochmal zu seinen Dissertationsunterlagen zurück, die in Karlas Wohnung liegen.

„Was soll's? Vergiss sie!" sagt er zu sich selbst," das meiste davon habe ich sowieso in meinem Kopf."

Und Professor Numert, sein Doktorvater? Es wird ihm nicht genügen, sie nur in meinem Kopf zu wissen.

„Vergiss auch ihn! Ich muss hier raus. Werde nach Berlin gehen und mir einen neuen Doktorvater suchen. Wie satt ich diese Stadt hier habe!"

Dann kommt die Straßenbahn.

2.

Alex hat sich aus einem Supermarkt zwei Plastiktüten besorgt und sie ineinander gestülpt. So müssten sie dem Gewicht der Metallkassette standhalten. Auf vielen Umwegen ist er in die Blütenstraße zurück geschlichen, ständig auf der Hut vor Polizeistreifen. Doch seine Vorsicht war unnötig. Weit und breit war kein Polizeiauto in Sicht. Niemand scheint sich für den Überfall zu interessieren. Seit einer Stunde sitzt er in Karlas Wohnung. Seine Finger tasten über Roberts Unterlagen, die sich immer noch auf dem Küchentisch stapeln. Sie sind seine Garantie. Robert wird kommen! Und wenn es nur wegen dieser bescheuerten Dissertationsarbeit ist.
Die Zeit kriecht voran. Immer wieder schaut Alex auf seine Armbanduhr. Vereinzelt fahren Autos unter dem Fenster vorbei. Von der Türkenstraße wabert das übliche Verkehrsrauschen an sein Ohr. Eine weibliche Nachrichtensprecherstimme dröhnt monoton durch die hellhörigen Wände des Mietshauses.
Alex packt die Metallkassette aus der doppelten Plastiktüte und baut sie vor sich auf. Er bemüht sich vergeblich eine Siegerpose einzunehmen.
Wo bleiben die nur?
Mittlerweile ist es drei Uhr geworden. Alex spürt seinen Magen rumoren. Im Kühlschrank findet er noch eine angebrauchte Flasche Bier und eine Kanten Salami. Er schluckt das Stück Salami herunter, schüttet das Bier hinterher.
„Pfui Teufel!" krächzt er und versucht die offenbar vergammelte Wurst wieder hochzuwürgen. Doch die Flüssigkeit hat sie bereits in seinen Magen geschwemmt. Alex läuft ins Bad und gibt das Bier und Salami wieder von sich. Auch sein Hörnchen kommt, etwas verändert, wieder zum Vorschein.
Um sechs Uhr abends sitzt Alex noch immer allein am Küchentisch. Sein Magen fühlt sich an wie ein Loch, das

ihn nach innen zu saugt. Er versucht zu grinsen. Ein alter Trick, um seine Ruhe wieder zu finden, einen klaren Kopf zu gewinnen. Der Trick funktioniert nicht. Er wartet weitere zwei Stunden. Schließlich ist er überzeugt, hereingelegt worden zu sein. Aber nicht doch! Er hat die Kassette mit dem Geld! Wenn die beiden die Nerven verloren haben, umso besser!

Bei Robert hat er es am allerwenigsten erwartet. Wie kann er sich nur so in ihm getäuscht haben? Aber hat er ihn denn gekannt? Was weiß er schon von ihm? Robert, der zu allem Ja und Amen sagt. Wenn er denn mal was sagt. Robert, der alles mitmacht. Keine eigenen Ideen, nur seine dämliche Doktorarbeit im Kopf hat.

Er wird kommen, sagt er sich noch einmal. Er wird sie holen.

Und Karla? Was weiß er von Karla. Noch weniger als nichts. Eine von diesen Reiche-Leute-Bräuten. Das allein hätte ihm schon zu denken geben sollen. Er hat sie immer verachtet, diese Privilegierten. Die ihm schon von Geburt an um Schritte voraus sind. Schritte, die er, Alex, nicht einholen kann. Niemals. Sie starten dort, wohin er nie kommen wird. Wofür er sich ein Leben lang vermutlich vergeblich abrackern muss, wird jenen schon mit in die Wiege gelegt. Sie beginnen ihren Aufstieg knapp unter dem Gipfelkreuz. Während er sich durch Täler und Schluchten erst einmal zu einem freien Ausblick hocharbeiten muss. Und wenn er dann verschwitzt und geschunden auf dem Gipfel ankommt, fläzen jene bereits auf den Liegenstühlen und grinsen ihm satt gebräunt entgegen. Falls er den Gipfel überhaupt je erreicht. Ja, er hasst sie, diese in der Sahne Geborenen, die die Welt aus der Vogelperspektive wahrnehmen und sich auf das in den Niederungen kriechende Volk amüsiert, allenfalls mitleidig, herabblicken. Oder gar nicht wahrnehmen. Karla ist eine von ihnen. Mehr noch, sie ist die Creme de la Creme. Die Tochter vom Oberbonzen Maar. Der die Welt vom Dreck befreit. Und sich und sein Scheißgeld dabei gleich mit reinwäscht. Wie hat er ihr nur trauen können? Jetzt sitzt er hier in der Falle. Die Krämpfe in seinem Magen werden immer heftiger. Alex erschrickt. Fast hat er es wieder vergessen. Robert und Karla! Natürlich! Er hat schon lange das Gefühl, dass da was zwischen den beiden läuft. Er schlägt sich gegen die Stirn. Die beiden machen gemeinsame Sache gegen ihn. Lassen ihn auflaufen. Das war von Anfang an geplant! Sie brauchen gar kein Geld. Sie haben es ja schon. Und jetzt wollen sie ihn loswerden! Ihr Plan basiert auf seinem. Vor lauter Verbohrtheit hat er nicht bemerkt, dass sein Plan eigentlich ihrer war. Den er ihnen mundgerecht servierte. Und jetzt sitzt er da, wo sie ihn hinhaben wollten: in der Falle.

Alex gerät in Panik. Läuft in Karlas Schlafzimmer und kramt einen Koffer hervor. Steckt die Kassette hinein, lässt die Verschlüsse zuschnappen. Und verlässt hastig die Wohnung. Auf der Treppe blickt er lauernd um sich. Die Blütenstraße ist menschenleer. Nur satte Sommerluft empfängt ihn. Er hetzt mit dem Koffer bis zur Türkenstraße vor. Und winkt ein Taxi heran.

„Wo soll's denn hingehen?"

„Hören Sie, transportieren Sie auch nur einen Koffer?"

Der Taxifahrer sieht ihn verdutzt an.

„Solange keine Bombe drin ist."

Alex schwitzt. Er sucht nach seinem Grinsen, um sich dahinter zu verstecken.

„Wo soll er denn hin, der Koffer?"

Alex bemüht sich das Zittern in seiner Stimme zu unterdrücken.

„Ach, ich habe ihn vorhin versehentlich in der Türkenbank mitgenommen."

„Und da soll ich ihn jetzt für Sie hinfahren?"

„Nicht jetzt, natürlich! Am Montag, wenn die Bank wieder aufhat."

„Ich versteh Sie schon richtig? Sie meinen die Dresdnerbankfiliale, kurz vor der Theresienstraße?"

135

„Genau die. Ich weiß, das sind nur ein paar hundert Meter, aber die Bank ist ja jetzt geschlossen. Und ich hab's furchtbar eilig. Mein Flieger geht in zwei Stunden."

Obwohl die Dämmerung noch nicht eingesetzt hat, fahren die ersten Autos schon mit Licht. Auch in den Schaufensterauslagen leuchten bereits grelle Spots auf Waren, die dort angepriesen werden. Warme Windböen fegen durch die Straßenschlucht.

Der Taxifahrer runzelt die Stirn.

„Ihr Flieger, soso. Irgendwie ist mir unklar, was aus dem anderen Koffer wird."

„Welcher andere Koffer?"

„Nun, Ihr eigener, den Sie mit diesem verwechselt haben."

Alex schwingt den Koffer von einer Hand in die andere.

„Ich verstehe Sie nicht."

„Ich mein, den brauchen's ja irgendwie, ihren Koffer, wenn Sie wegfliegen woll'n! Kein Mensch fliegt ohne Rucksack oder Koffer. Und ein Rucksack wird's wohl nicht gewesen sein, sonst hätten sie ihn nicht mit dem Koffer verwechselt, der jetzt noch in der Bank steht. Ich fürcht', Sie werden Ihren Flug auf nächste Woche verschieb'n müss'n."

„Warum sollte ich denn meinen Flug auf nächste Woche verschieben? Und was hat das mit der Transportfahrt zu tun, um die ich Sie bitte. Ich versteh Sie nicht."

„Wirklich nicht? Sie müssen doch sowieso nochamal in die Bank. Um Ihren Koffer abzuholen. Ich glaub kaum, dass die Bank Ihnen Ihren Koffer dahin nachschickt, wo sie hinfliegen?"

„Ich weiß wirklich nicht wovon Sie da reden. Hier haben Sie zwanzig Mark! Wollen Sie das Geschäft nun machen oder nicht?"

Der Taxifahrer kaut auf seinen Lippen herum.

„Sie wollen also ohne Ihren Koffer verreisen? Haben Sie sich das gut überlegt? Ich mein ja nur. Nicht, dass Sie's dann nachher bereuen. Ich will net Schuld daran sein."

„Du meine Güte! Was geht Sie mein Koffer an? Vielleicht habe ich gar keinen anderen Koffer. Verreise immer ohne Koffer. Kann man etwa nicht ohne Koffer verreisen?"

„Schon. Selbstverständlich können's verreisen, wie'S wollen. Obwohl ich's, ehrlich gesagt, noch nie erlebt hab, in den 20 Jahren, die ich jetzt Taxi fahr'."

„Was?" fragt Alex und drückt mit seiner freien Hand auf seinen immer fordernden Magen „was haben Sie noch nicht erlebt?"

„Dass sich ein Fahrgast ohne Koffer zum Flughafen kutschieren lässt."

Alex stöhnt, stellt den Koffer kurz ab, drückt mit beiden Händen gegen seinen Magen. Warum lass ich mich in dieses idiotische Gespräch ein? Fragt er sich. Und bleibt dann trotzdem stehen. Hebt den Koffer wieder hoch. Und bewegt ihn wieder von einer Hand in die andere.

„Sie sollen ja auch gar keinen Fahrgast zum Flughafen fahren, sondern diesen Koffer in die Bankfiliale."

„Natürlich geht's mich nichts an," brummelt der Taxifahrer.

„Eben!"

Der Taxifahrer ruckelt auf seinem Sitz hin und her und hält sich mit beiden Händen am Lenkrad fest.

„Trotzdem. Irgendwie kommt mir das schon spanisch vor. Wenn Sie gar keinen Koffer haben, womit haben's diesen dann bittschön verwechselt? Ich mein... - Hallooo! Haaallooo!"

Alex ist im dichten Fußgängergedränge untergetaucht.

„Die Kundschaft wird immer..."

Der Taxifahrer sucht nach dem passenden Wort.

„Seltsamer," grummelt er dann, freut sich, dass er das richtige Wort gefunden hat, zuckt die Schultern. Und fährt weiter.

Karla Maar kehrt nicht mehr in ihre Wohnung in der Blütenstraße zurück. Sie fliegt noch am selben Tag nach Westberlin.

„Westberlin, die gute deutsche Zufluchtsinsel. Für alle, die sich vor dem Wehrdienst drücken. Die mit dem Mutterland nicht zurechtkommen, und von den Sonderregelungen der Frontstadt schmarotzen. Für Aussteiger, die nicht neu einsteigen wollen. Und für jene, die an der Nahtstelle der geteilten Republik provokant Freiheit ausleben, die der Gegenseite verwehrt bleibt," murmelt sie vor sich hin, als die Boeing vom Flughafen Riem abhebt. "Sollen sie doch mit ihrem Geld machen, was sie wollen! Irgendwann erwischt man sie ohnehin. Wie alle."

Während das Flugzeug durch die Wolken gleitet, kehren ihre Gedanken noch einmal zu dem merkwürdigen Beobachter in der Türkenstraße zurück.

"Was ist es, das mich so sehr an ihm beschäftigt, dass er sich nicht aus mir vertreiben lässt? Wir haben uns nicht einmal kennengelernt. Wissen nichts voneinander. Haben nicht einen Satz miteinander gewechselt. Lächerlich, ihm so viel Raum in mir zu gewähren! Und doch kann ich nicht verhindern, dass er sich in mein Inneres stiehlt und sich in mir ausbreitet."

Kurz darauf landet Karla Maar auf dem Flughafen Tempelhof. Ein Lächeln zieht durch ihre Gedanken.

Westberlin, die Frontstadt, zwischen dem, was möglich sein könnte und dem, was wirklich ist.

3.

Nach ein paar Wochen kann die Hausmeisterin des Mietshauses Blütenstraße 4 ihre Neugierde nicht mehr zurückhalten. Sie ruft im Polizeirevier an.

„Ich wollt nur melden, dass mit der Wohnung im dritten Stock etwas nicht stimmt. Da kommt plötzlich keiner mehr raus und geht keiner mehr rein."

„Was soll das heißen, da kommt keiner mehr raus und geht keiner mehr rein?" wiederholt der wachhabende Beamte.

„So wie ich's Ihnen g'sagt hab, Herr Wachtmeister."

„Woher wollen Sie das denn wissen?"

„Ich weiß es halt," blafft die Hausmeisterin in den Hörer.

Wieder eine von diesen Tratschweibern, die sich einen Hocker vor den Türspion stellen, Tag und Nacht das Treppenhaus kontrollieren, um sich dann wichtig zu machen. Und um nicht an Langeweile zu sterben. Und uns damit auf die Nerven gehen. Denkt der Beamte und gähnt in den Hörer.

„Ich merk schon, sie nehmen mich net ernst. Aber ich sage Ihnen, da stimmt was net. Das spür ich."

„Jetzt regen Sie sich mal nicht auf, gute Frau..."

„Mosbacher, ist mein Name. Sabine Mosbacher. Ich bin seit 40 Jahren Hausmeisterin in dem Haus. Und dös können's mir glaub'n, i weiß, wenn was net stimmt."

„Wie lang beobachten'S denn jetzt schon das Treppen- ich mein, wie lange ist denn aus dieser Wohnung keiner mehr heraus gegangen?"

„Und auch keiner mehr reingegangen," berichtigt die Hausmeisterin, „ich würd sag'n, auf jeden Fall ein paar Wochen. Nachdem vorher da oben immer Halligalli war. Ein einziges Kommen und Gehen. Wenn'S versteh'n was ich mein, Herr Wachtmeister."

„Jetzt beruhigen Sie sich, Frau..."

„Mosbacher. Sabine Mosbacher."

„Also, Frau Mosbacher. Ich danke Ihnen, dass sie den Vorfall gemeldet haben..."

„Welchen Vorfall denn? Von einem Vorfall habe ich nicht gesprochen. Es ist nur merkwürdig …"

„… dass aus dieser Wohnung keiner mehr herauskommt und keiner mehr hineingeht, ich weiß."

„Genau! Und deswegen habe ich bei Ihnen angerufen." Jetzt fehlt nur noch, dass sie mit ihrer Bürgerpflicht ankommt, seufzt der Beamte.

„Das haben Sie richtig gemacht, Frau Mosbacher. Ich schlage jetzt mal vor, wir warten noch ein paar Wochen. Und wenn dann immer noch keiner rausgeht oder reingeht, melden Sie sich einfach nochmal. Einverstanden?"

Der Beamte glaubt zu hören, wie sie unwillig auf seinen Worten herumbeißt.

„Aber ich habe ja schon ein paar Wochen gewartet, Herr Wachtmeister."

„Nun, dann warten Sie eben nochmal ein paar Wochen. Dann sehen wir weiter."

Doch die Hausmeisterin hat nicht vor, sich so schnell abwimmeln zu lassen.

Nach 40 Jahren als Hausmeisterin wisse sie das einzuschätzen. Und als sie schließlich von einem Verbrechen spricht, das sie hier vermutet, und auch noch üble Gerüche erwähnt, die ins Treppenhaus wehten, verspricht der genervte Beamte, am nächsten Morgen eine Streife zur Blütenstraße 4 zu schicken, um die Tür aufbrechen zu lassen.

Sie finden eine verwahrloste Wohnung vor. Blätter mit allerlei Formeln und Zahlen liegen, zum Teil zerknittert, zwischen vollen Aschenbechern und schimmelnden Brotkanten.

„Auffallend üble Gerüche kann ich eigentlich nicht feststellen," sagt einer der Beamten und schnuppert sich durch die Wohnung, „was sagst du Franzi?"

„Ich weiß net. Das mit dem Riechen ist relativ. Auf alle Fälle hab ich in der Toilettenschüssel, no wie sagt ma jetzt da, praktisch dös, was scho mal im Magen war, ja also Gewürgtes hab i g'seh'n."

140

"Da hat halt einer spei'm müss'n," echauffiert sich sein Kollege, "das ist doch noch kein Verbrechen."
Die Hausmeisterin zupft verlegen an ihrem Kittel.
„Ich hab gedacht, Sie kommen vielleicht gar net, wenn ich net a bisserl was dazuerfinde."
Und jetzt müssen wir herausfinden, wo ihre Erfindungen aufhören und die Wirklichkeit anfängt, denkt der Beamte missmutig.
„Hier wohnt seit Wochen keiner mehr," stellt sein Kollege fest, „wer hat hier denn gehaust? Das sieht mir ganz nach einer Kommune aus."
Die Hausmeisterin stiert in das Durcheinander vor ihren Füßen.
„Eine Kommune? Nein, da täuschen's eana! Eine richtige Dame wohnt hier. Und hübsch ist sie obendrein."
„Da hammas ja schon!" triumphiert einer der Polizisten, „wie ich gesagt hab, eine Kommune mit ihrem Kommunardenflittchen, ihrem Groupie, oder wie man das nennt."
„Nein, nein! So eine war die nicht!"
„Wie ist denn ihr Name!"
„Mosbacher, wenn's recht ist. Aber das hab ich Ihrem Kollegen schon mehrmals gesagt."
Die Hausmeisterin wischt sich die Hand an ihrer Schürze ab und streckt sie dem Beamten entgegen.
Der Beamte belässt seine Hände in seinen Hosentaschen.
„Nicht Ihr Name, Frau Mosbacher! Ich mein natürlich den Namen von der Frau, die hier wohnt. Oder gewohnt hat."
Frau Mosbacher zieht ihre Hand wieder zurück.
„Ach so, entschuldigen's! Ja natürlich. Maar heißt sie."
„Doch net etwa die Tochter von dem Fabrikanten?"
„Was weiß denn ich? Jedenfalls ist die eine richtige Dame."
Sie lässt kopfschüttelnd ihren Blick über den Fußboden wandern. „Und jetzt dieser Verhau hier! Man möcht's net glaub'n!"
Frau Mosbachers Augen leuchten plötzlich auf.
„Ach, meinen Sie vielleicht den Waschmittel-Maar? Ja, wenn das die Tochter von dem ist! Jetzt ist mir alles klar."

„Was ist Ihnen klar, Frau…"

„Mosbacher. Sa…"

„Ja, ich kenne Ihren Namen inzwischen," seufzt der Polizeibeamte, „ich würde mich freuen, wenn Sie mich in das einweihen, was Ihnen plötzlich klar ist."

„Da muss man doch nur eins und eins zusammenzählen. Die ist entführt word'n! Deshalb schaut auch die Wohnung so aus. Das ich da net früher draufgekommen bin!"

Sie klatscht mit der Hand an ihre Stirn.

„Da is nix mehr drin," sagt sie aufgebracht, „keine Assozion mehr, oder wie man da sagt."

Die Beamten schlendern durch die Wohnung, heben hier und dort was hoch und lassen es wieder fallen.

Das haben sie sich von den Kriminalern im Fernsehen abgeschaut, die Deppen! Denkt Frau Mosbacher und grinst..

„Was gibt's denn da zu grinsen?"

„Nix. Gar nix. Ich hab nur g'rad nachgedacht," sagt Frau Mosbacher.

'Was euch zwei auch net schaden würd', denkt sie.

„Bei dem Vater gäb's doch was zum Kassieren."

„Kassieren?"

„Na, klingelt da nix bei Ihnen? Entführung. Erpressung. Und so."

„Und so," wiederholen die beiden Beamten im Chor, „lassen Sie uns bitte selbst entscheiden, wann es bei uns klingelt, und ob wir rangehen wollen, wenn es klingelt!"

„Wieso rangehen? Das versteh ich jetzt nicht. Sowas steht doch jeden Tag in der Zeitung. Mord, Entführung, Vergewaltigung," beharrt Frau Mosbacher.

„So, so, in der Zeitung, in welcher denn?"

„In welcher Zeitung? Das ist doch ganz wurscht in welcher Zeitung. Tatsache ist, dass es die Wahrheit ist. Im Fernsehen reden's ja auch von nix anders. Mord, Entführung…"

„…und Vergewaltigung," vervollständigen die Beamten.

Die Hausmeisterin schaut in ihre Schürze, die sie vor ihren Kittel gebunden hat. Hebt ihr Gesicht wieder empor. Ihre

Pupillen hüpfen aufgeregt in den hellblauen Vorhöfen ihrer Augen.

„I merk schon, Sie glaub'n mir net. Gell? Sie ham's ja auch net g'seh'n, dös Fräulein. Die hat eine Figur und ein G'sicht! Wie diese Damen in den Zeitschriften, Sie wissen schon..."

„Welche Zeitschriften? Und überhaupt, was hat das mit der Figur und dem Gesicht von dem Fräulein zu tun?"

„Sie meinen, ich spür's net, dass Sie mich nicht ernst nehmen? Nur weil Sie lieber an ihr Kommunenmärchen glauben, das sie sich zusammengedichtet hab'n. Aber ich an Ihrer Stelle würde der Sache nachgehen!"

„Welcher Sache?"

Um ihren Ärger zu verbergen, schaut die Hausmeisterin wieder in ihre Schürze und wischt mehrmals hintereinander ihre Hände an ihrem darunter liegenden Kittel ab.

„Ich denke, es die Aufgabe der Polizei, Verbrechen aufzuklären!"

„So, so, die Aufgabe der Polizei. Sie scheinen ja über den Aufgabenbereich der Polizei bestens informiert zu sein. Und welches Verbrechen meinen Sie? Hat jemand Anzeige erstattet? Vermisst jemand diese Frau? Vielleicht ist sie nur unterwegs. Gondelt irgendwo in der Welt herum. Bei diesem Vater scheint Geld ja kein Problem zu sein. Und woher wissen wir überhaupt, ob es die Tochter von diesem Waschmittelfritzen ist? Vielleicht ist sie ja seine Nichte oder gar seine Enkelin. Was weiß ich, wie alt der Mann ist? Möglicherweise ist sie gar nicht mit ihm verwandt, heißt nur zufällig auch Maar, hat gar nix mit dem Fabrikanten zu tun. Außerdem kann sie jeden Moment durch diese Tür kommen und mit Recht fragen, was wir hier eigentlich machen. Und in diesem Fall, Frau Mosbacher," der Beamte wirft ihr einen strengen Blick zu, während sein Kollege weiter Fernsehkommissar spielt, „ja, in diesem Fall sind Sie es, gegen die die Polizei ihre Aufgabe wahrzunehmen haben wird. Wegen unerlaubtem und gewaltsamem Eindringen in eine fremde Wohnung. Und so."

Die Hausmeisterin baut sich vor ihm auf. Ihre Augen funkeln listig.

„Aber gehen's! Hab ich vielleicht die Tür aufgebrochen?"
Der Kommissar spielende Kollege, dreht sich abrupt um und kommt drohend auf die Hausmeisterin zu.

„Jetzt werden'S wohl auch noch unverschämt! Sie ham uns doch mit ihren krankhaften Vorstellungen sozusagen dazu genötigt. Wie war das gleich wieder, Mord, Entführung und Vergewaltigung?"
Die Hausmeisterin duckt sich, hebt dann ihre Schultern.

„Wenn's mich nimma brauchen, dann geh ich jetzt."
Sie watschelt, vor sich hin brummelnd, aus der Wohnung. Der Beamte lässt seinen Blick nochmal prüfend durch die Wohnung wandern.

„Geh du schon mal zum Auto, Franzi! Ich komm gleich nach."

„Sie können ruhig wieder reinkommen, Frau Mosbacher! Ist denn die Miete bezahlt worden?" ruft der verbliebene Beamte die vor der Tür lauschende Hausmeisterin wieder zurück.

„Alles korrekt. Die wird monatlich überwiesen. Vermutlich vom Herrn Vater. Das weiß ich zufällig."

„So, so, das wissen Sie. Zufällig. Nun gut, wie Sie selbst feststellen konnten, Leiche haben wir keine gefunden. Es gibt keinerlei Hinweise auf ein Verbrechen. Was da in der Kloschüssel liegt, reicht nicht für eine Anzeige oder ein sonstiges Vorgehen polizeilicherseits. Ich würd sagen, wir warten jetzt noch, sagen wir, einen Monat. Und wenn dann noch immer niemand raus- oder reingegangen ist, dann rufen's mich doch bitte an. Aber mich persönlich. Hier ist meine Nummer!"
Er wirft nochmal einen Blick in die Wohnung und nickt.

„Ich muss nämlich aus meiner alten Wohnung raus. Die wär ideal für mich. Ich verlasse mich auf Sie, Frau Mosbacher! Und wenn's klappt werd' ich mich bei Ihnen erkenntlich zeigen. Sie verstehen schon?"

Der Beamte wohnt am Stadtrand und sucht schon seit langem eine kleine Altbauwohnung in der Innenstadt. Zwei Zimmer, Küche, Bad! Und eine Superlage! Denkt er, während er die Treppen hinuntersteigt, da lässt sich bestimmt was deichseln mit der Mosbacherin.

„Und was machen wir jetzt?" fragt sein Kollege, als er am Streifenwagen ankommt.

„Nix mach'ma, Franzi. Die spinnt doch, die Alte. Hast du dös net g'merkt?"

„Und? Was sagen wir im Revier?"

„Genau dös, sagma. Dass die Alte sich da was zusammenphantasiert und sich wichtigmacht, sagma. Blinder Alarm, sagma."

4.

Bei einem zweiten Versuch hatte Alex mehr Glück. Ohne nachzufragen akzeptierte der Taxifahrer den lukrativen Auftrag.

„Ich soll den hier abgeben," sagt er, als er am Montagmorgen die Dresdnerbankfiliale betritt.

Er stellt den Koffer mitten in den Raum. Und verschwindet sofort wieder. Ein Kunde, der sich gerade in der Bank befindet eilt panikartig aus dem Bankraum. Fräulein Tauber wirft ihm einen verblüfften Blick nach. Dann sieht sie den Koffer, der bedrohlich zwischen Eingang und Banktresen steht. Auch Frau Steinwetter hebt ihren Kopf aus den gebündelten Geldscheinen vor sich, schaut dem Kunden nach, der wie von der Tarantel gestochen aus der Bank flüchtet.

Der Filialleiter wird herbeigerufen.

„Vorsicht!" ruft Herr Kaiser mit gewichtiger Stimme, stemmt seine beiden Hände von sich, „bleiben Sie wo sind! Keiner bewegt sich!"

Alle drei starren bewegungslos auf den Koffer. Dann besinnt sich Herr Kaiser. Und geht zum Telefon.

„Was stehen Sie denn noch herum, Fräulein Tauber! Sperren Sie die Tür bitte ab!"

„Ich habe mich nur an Ihre Anweisungen gehalten," nölt Fräulein Tauber.

Nach wenigen Minuten klopft es an der Eingangstür. Die drei Bankangestellten stehen wie gelähmt auf ihren Posten. Vor der Glastür stehen zwei roboterähnliche Wesen in weißen Schutzanzügen und Plastikmasken vor den Gesichtern.

Fräulein Tauber zuckt zusammen.

„Das sind bestimmt die Spezialisten," sagt Herr Kaiser, „machen Sie schon auf, Fräulein Tauber!"

"Die Spezialisten? Jetzt schon? Sie haben doch gerade erst angerufen."

"Glauben Sie mir, Fräulein Tauber! Es sind die Spezialisten. Machen Sie bitte die Tür auf!"

Fräulein Tauber rührt sich nicht von der Stelle.

„Was ist nur los mit Ihnen, Fräulein Tauber?"

"Keiner bewegt sich. Tür zu. Tür auf. An welche ihrer Anweisungen soll ich mich jetzt halten?"

"Ja, Sie haben recht. Entschuldigen Sie! Wir sind wohl alle etwas überfordert."

"Lassen Sie! Ich geh selbst."

Er geht zur Eingangstür und dreht den Schlüssel um.

„Wo ist denn nun die Bombe?"

Auch die Stimme hinter der Maske klingt wie die eines Roboters. Die Spezialisten schleichen vorsichtig um den Koffer herum. Nähern sich und lassen ihre Messgeräte darüber kreisen.

Niemand spricht ein Wort.

Herr Kaiser und seine beide Kolleginnen starren gebannt auf den Koffer. Trauben von Kunden haben sich vor dem Eingang gebildet. Kleben mit neugierigen Gesichtern an der Glasscheibe der Eingangstür. Die angespannte Stille dehnt sich vom Koffer her aus und füllt den ganzen Bankraum.

„Nichts," sagt einer der Spezialisten.

Sie stecken ihre Geräte wieder weg.

Herr Kaiser sieht sie fragend an.

„Nichts," wiederholt der Mann.

"Was heißt nichts?"

"Keine Gefahr!"

„Sind Sie sicher?" fragt Herr Kaiser misstrauisch.

Die Spezialisten nehmen ihre Masken vom Gesicht. Einer von ihnen lässt die Kofferschließen aufschnellen.

„Oh, die entwendete Geldkassette," ruft Frau Steinwetter verwundert.

„Sollen wir sie öffnen? Wenn wir schon mal dabei sind."

Herr Kaiser winkt ab.

„Nicht nötig. Sie ist leer. Sie sollte gefüllt werden. Dazu kam es aber nicht. Sie ist vorher entwendet worden."

„Die leere Kassette?" fragt einer der Spezialisten.

Herr Kaiser nickt.

„Das scheinen die Räuber aber nicht gewusst zu haben."

„So wie wir jetzt nicht wussten, was sich in diesem merkwürdigen Koffer befindet. Tut mir leid, dass wir Sie gerufen haben!"

„Ist schon okay," sagt einer der Spezialisten, „dafür sind wir schließlich da. Besser einmal zu früh als einmal zu spät."

Er fingert eine Zigarette aus seiner Hemdtasche, zündet sie an. Und kommt ins Plaudern.

„Mir fällt da dabei, dass mir mal eine Aktentasche aus dem Auto gestohlen wurde. Die Tasche war nichts wert. Es befand sich auch nichts in ihr, was für den Dieb von Interesse gewesen wäre. Für mich aber war es, als habe man mir ein Teil meines Lebens gestohlen. In der Tasche lag nämlich meine Diplomarbeit, die ich am Nachmittag zum Kopieren bringen und an der TU abgeben wollte."

Er lächelt.

"Der Dieb jedoch, der offenbar was anderes in der Tasche vermutet hatte, konnte mit meiner Arbeit nichts anfangen. All die beschriebenen Seiten mit Formeln und Zahlen müssen ihn so sehr verschreckt haben, dass er sie in eine Plastiktüte gepfercht und am nächsten Tag an den Seitenspiegel meines Autos gehängt hat. Es fehlte nicht eine Seite. Die verschlissene Aktentasche dagegen schien ihm gefallen zu haben. Oder er wollte nicht, dass sein Raubzug ganz vergeblich war."

„Es gibt sie also noch, die Räuber mit Stil und Klasse," sagt Herr Kaiser aufgeräumt.

„Allerdings hat mir das Leben dann einen anderen Streich gespielt. Und ich habe die Arbeit nie abgegeben," fuhr der Spezialist fort, „aber das konnte der anständige Dieb ja damals nicht gewusst haben."

Die beiden Spezialisten grüßen und streben dem Ausgang entgegen. Kurz vor der Glastür dreht sich der Sprecher von beiden nochmal um.

„Wenn Sie verstehen, was ich meine?"

Die drei Bankangestellten glotzen auf den Spezialisten. Dann auf die Kassette. Fräulein Tauber beginnt zu prusten. Dann brechen alle in Gelächter aus.

Als Fräulein Tauber die Tür aufschließt, strömen sofort Kunden und Schaulustige in die Bank. Irritiert über das schallende Lachen mit dem sie empfangen werden, überprüfen sie ihre Kleidung und befassen ihre Gesichter.

„Alles wieder an Ort und Stelle," lacht Herr Kaiser.

„Als wäre nichts gewesen," bestätigt Frau Steinwetter.

„Wie kann ich Ihnen behilflich sein?" flötet Fräulein Tauber und wendet sich dem nächsten Kunden zu.

Herr Kaiser bittet die Schaulustigen, die Bank zu verlassen.

5.

Hans Schreiber sitzt wieder an seinem Fensterbrett und schaut auf das unter ihm pulsierende Verkehrsgewühle in der Türkenstraße. Als habe nichts stattgefunden.
„Kapierst du das denn nicht? Du musst es aufschreiben!" krächzt seine Schreibmaschine.
Was sollte er aufschreiben? Es war ja nichts geschehen. Er hat beobachtet. Und ist beobachtet worden. Er hat geträumt. Oder ist geträumt worden. Nichts von dem, was er aufschreibenswert fand, hat stattgefunden. Und nichts von dem, was stattgefunden hat, war aufschreibenswert. Fazit: es hat nichts stattgefunden.
Ja, der Blick einer unbekannten Frau hat sein Innerstes erschüttert. Sich darin eingenistet. Und lässt ihn nun nicht mehr los. Aber wen interessiert das? Es geht nur ihn, Hans Schreiber, etwas an. Betrifft nur ihn. Er zögert. Und sie. Ja, auch sie natürlich. Aber macht es das aufschreibenswerter? Und sicher würde sie es nicht gutheißen, wenn er es aufschriebe. Es geht nur sie und mich was an.
„Du musst es aufschreiben," insistiert die 'Continental'.
"Ja, ja, du musst es aufschreiben, du musst es aufschreiben," äfft Hans die Maschine nach, "du wiederholst dich, wie du dich immer wiederholt hast."
Hans beugt sich über die eisernen Schreibgriffel.
"Was soll ich aufschreiben? Sag es mir! Was, zum Teufel, soll ich aufschreiben?" faucht Hans die 'Continental' an.
„Was soll ich denn aufschreiben, was soll ich denn aufschreiben," kläfft die Maschine zurück, "Mann! Da hat ein Überfall hat stattgefunden."
„Der keiner war."
„Na und? Das weiß doch keiner. Du führst die Regie. Du jonglierst mit dem, was stattfindet und was nicht."
„Vielleicht will ich das gar nicht. Will in die Welt unter meinem Fenster hineinspüren. Mich in sie hineinwerfen. Mit ihr in Berührung kommen. Mich an ihr reiben. Wenn

es sein muss, mich an ihr verbrennen. Ich möchte, dass ein anderer die Regie führt."

„Ein anderer? Willst du die Macht aus der Hand geben? Deine dich schützende Distanz aufgeben. Dich in ein dir unbekanntes Chaos stürzen? Dich einem anderen unterwerfen? Welchem anderen denn?" entrüstet sich die Schreibmaschine, „die Welt da draußen ist nicht so wie du denkst! Hat sie dich einmal im Würgegriff, lässt sie dich nicht mehr los. Du kennst sie doch nur von deinem Fenster aus. Was weißt du schon von ihr?"

„Eben. Was weiß ich schon von ihr?"

„Du verlierst deine Souveränität," warnt die Schreibmaschine.

„Die ich nie gehabt habe."

„Es gibt ihn nicht, diesen anderen. Noch stehst über den Dingen. Gibst du die Regie ab, wirst du zum Spielball der dich gängelnden Beliebigkeiten. Der Abstand zur Welt da draußen, den du jetzt preisgeben willst, ist der Garant für deine Souveränität. Deine Freiheit."

„Freiheit? Dass ich nicht lache! Ich bin dir hörig. Du gaukelst mir Souveränität vor, um mich an dich zu binden. Und verstellst mir den Blick, dies zu erkennen. Verwehrst mir die Perspektive, um mich in meiner Abhängigkeit zu dir wahrzunehmen. Aber damit ist jetzt Schluss!"

Hans Schreiber hievt die schwere Maschine hoch, klemmt sie sich unter seinen Arm. Läuft die Treppen hinunter auf die Türkenstraße. Als er bei der Bushaltestelle in der Schellingstraße ankommt, muss er die 'Continental' absetzen.

„Sie macht sich absichtlich schwer," brummt er vor sich hin, „um mich umzustimmen."

Während der ganzen Fahrt zur Hausratsammelstelle zetert die Maschine unaufhörlich weiter.

„Schreib's auf! Noch bist du es, der Regie führt. Gibst du die Fäden aus der Hand, wird sich die Welt da draußen über dich stürzen und dich zermalmen."

„Ja, ja, schreib's auf, schreib's auf!" blafft Hans zurück.

Die um ihn herumsitzenden Fahrgäste werfen verwunderte Blicke auf ihn. Suchen nach einer ihn begleitenden Katze oder einem Hund. Vielleicht auch nach einer Ratte, einen Hamster, einem Zwergkaninchen, das er unter seinem Pullover versteckt hält. Menschen, die mit ihren Tieren sprechen, das kennen sie. Auch Menschen, die so allein sind, dass sie mangels eines Ansprechpartners mit sich selbst sprechen, können sie sich vorstellen. Aber dieser Mann hier spricht weder mit irgendeinem Tier, noch mit sich selbst. Es gibt keinen Zweifel. Der junge Kerl befindet sich ganz offensichtlich im Zwiegespräch mit seiner Schreibmaschine!

Als Hans am Romanplatz aussteigt, seine 'Continental' vor sich her trägt und immer weiter auf sie einredet, geht ein Raunen durch den Bus.

"Mit einer Schreibmaschine!" sagt einer der Fahrgäste.

"Ja," seufzt ein anderer, während er Hans hinterherschaut, "die Welt ist aus den Fugen geraten."

An der Annahme der Hausratsammelstelle in der Nibelungenstraße wuchtet Hans die alte ‚Continental' auf den Empfangstresen. Der Mann im grauen Arbeitskittel dreht und schiebt die Maschine ein paarmal hin und her. Nickt beifällig.

„Das gute Stück hat wohl ausgedient?"

Er drückt auf den Tasten herum. Nickt nochmal.

„Das Farbband sieht noch gut aus. Wollen Sie das nicht mitnehmen."

Hans Schreiber schüttelt heftig den Kopf, als befürchte er, dass selbst Teile des Ungeheuers weiter Macht über ihn ausüben könnten.

„Nein, nein. Was soll ich denn damit?"

Wieder nickt der Mann.

„Klar. Was wollen Sie damit? Das Band allein schreibt ja nicht von selber. Viel kann ich Ihnen aber nicht dafür geben, wer schreibt heutzutage noch mit…"

„Das ist schon in Ordnung," unterbricht ihn Hans, „ich bin froh, wenn ich sie…"

"Du wirst es bereuen, dass du deinen sicheren Ausguck verlässt," zetert die Maschine, "du weißt nicht, auf was du dich einlässt. Es wird dir noch leidtun! Es wird dir noch sehr leidtun."

Der Mann von der Hausratsammelstelle bemerkt Hans' Zögern.

"Wenn Sie sich's nochmal überlegen wollen…"

"Er hat recht," hakt die 'Continental' ein, "du solltest dir's nochmal überlegen!"

"Um Himmelswillen! Nein!", ruft Hans und streckt bede Hände von sich.

"Ich meine ja nur, Sie scheinen mir irgendwie unschlüssig."

"Unschlüssig? Ich bin mir noch nie so sicher über einen Entschluss gewesen."

Als Hans Schreiber wieder in der Türkenstraße ankommt, scheint ihm, als sehe er sie zum ersten Mal.

Freilich kennt er die Läden, die links und rechts die Straße säumen. Natürlich erkennt er auch die Häuserfronten wieder. Wie immer parken Autos mehrreihig. Und auf den Gehsteigen hasten Fußgänger in alle Richtungen.

Was also ist es, das ich zum ersten Mal zu sehen glaube? Fragt sich Hans.

Auch die Bankfiliale mit dem „grünen Band des Vertrauens" reiht sich zwischen Geschäften und Wohnhausportalen. Alles ist so, wie er es von seinem Ausguck oben kennt. Und als er sich plötzlich selbst im Schaufenster der Buchhandlung ‚Libresso' sieht, spürt er, wie ein Beben durch seinen Körper geht. Er spürt Erleichterung in sich aufsteigen. Er hat es geschafft.

„Ich fange an, dazuzugehören. Die Außenwelt nimmt mich in sich auf."

Als er an der Bankfiliale vorbei schlendert, kann er Frau Steinwetter erkennen. Sie sitzt erhöht in ihrem Glaskasten und blättert Scheine durch den Ausgabeschlitz. Am Schalter steht Fräulein Tauber und lächelt ihm zu. Hans erschrickt.

Galt das mir?

„Guten Morgen, Herr Schreiber."

Wieder zuckt Hans zusammen. Und dreht sich um.

„Oh, ich wollte Sie nicht erschrecken," sagt Herr Kaiser und zieht die Glastür auf, "man sieht Sie ja nur selten hier auf der Straße. Allerdings gibt es hierzulande nur wenige Tage, an denen es sich lohnt, seine eigenen vier Wände zu verlassen."

Er räuspert sich, hält inne.

"Wie man so sagt. Sie verstehen schon. Das nämliche gilt natürlich auch für Mieter. Ich weiß ja nicht, ob sie vier Wände ihr Eigen nennen können. Wie auch immer, genießen Sie den Tag! Wer weiß, wie lange das Wetter noch anhält, nicht wahr?"

Hans freut sich über den ihm gewidmeten Redeschwall des Filialleiters. Doch er fühlt sich überfordert. Herr Kaiser, dagegen, fühlt sich durch Hans' Schweigen zum Forführen dieses einseitigen Gesprächs genötigt.

"Wissen Sie, Herr Schreiber, meine Mutter, Gott hab sie selig, hat immer zu mir gesagt, in Deutschland gibt es zehn Monate Winter und zwei Monate keinen Sommer."

Er lacht.

"Aber Sie haben es sicher eilig. Und ich überschütte Sie mit meinen Familienerinnerungen! Jedenfalls freue ich mich, Sie mal wieder gesehen zu haben. Immerhin waren Sie einige Jahre unser Kunde."

Ein Wink mit dem Zaunspfahl, denkt Hans.

Plötzlich hat er das Gefühl, erklären zu müssen, warum er sein Konto aufgelöst hat. Lächerlich! Er schiebt den Gedanken beiseite. Ich muss niemandem für meine Handlungen Rechenschaft abgeben. Doch er ist ungeübt in Zwiegesprächen mit Menschen. Sein Austausch fand bisher hauptsächlich mit seiner Schreibmaschine statt. Es wollen ihm keine passenden Worte einfallen. Sie hinken seinen Gedanken hinterher. Stehen ihm im Augenblick des Gesprächs nicht zur Verfügung.

Er hebt seine Schultern und nickt dem Filialleiter lächelnd zu. Drückt dann die gegenüberliegende Haustür auf. Und läuft verunsichert die Treppen hoch.

„Es wird dir noch leidtun, du wirst es bereuen," hallen die Worte seiner Schreibmaschine in seinem Kopf nach.

In der Wohnung angekommen, schaut er ein letztes Mal auf das Gewusel in der Türkenstraße. Er schüttelt den Kopf und schließt das Fenster. Schnell packt er ein paar Sachen zusammen. Und sperrt die Tür von außen ab.

„Du wirst es bereuen! Es wird dir noch leidtun," bellt Hans gegen die Drohungen der 'Continental' an, während er, immer mehrere Stufen auf einmal überspringend, das Treppenhaus hinunterlhastet.

Das Einzige, was ich bereue, sagt er sich, als er auf den sonnenbeschienenen Gehweg hinausgeht, und was mir wirklich leidtut ist, dem beherrschenden Bann des Ungeheuers nicht schon viel früher entschlüpft zu sein.

Er ruft ein Taxi heran.

„Zum Flughafen, bitte!"

Während der gesamten Fahrt nach Riem, späht Hans voller Neugierde links und rechts aus den Seitenfenstern. Er hat keine Ahnung, wohin er will. Wie die musikalische Untermalung zu Filmszenen nimmt er die Stimme des Taxifahrers wahr, der im immer gleichen Singsang auf ihn einredet. Die Häuserfronten, die Alleen ziehen an ihm vorüber. Als er den Friedensengel golden über sich aufragen sieht, ist Hans sicher, ihn nie zuvor wirklich wahrgenommen zu haben. Auch als sie sich dem ‚Maximilianeum' nähern, ist Hans sicher, das imposante Bauerwerk zum ersten Mal zu sehen. Die Münchner Straßen sind ihm vom Stadtplan her bestens vertraut ist. Wie oft ist er ihnen mit dem Zeigefinger durch alle Stadtviertel gefolgt!

Hans lächelt in sich hinein. Er weiß, dass ihn der Taxifahrer im Kreis herumfährt.

Er quatscht ununterbrochen, damit ich es nicht merke, denkt Hans belustigt.

„Mal schauen, wieviel er mir zumutet," brummelt Hans vor sich hin.

Der Taxifahrer unterbricht seinen Sermon. Sein Gesicht erscheint im Rückspiegel.

„Täusch ich mich? Oder haben Sie jetzt was gesagt?"

Er schüttelt seine beiden Hände. Legt sie dann wieder aufs Lenkrad.

„I weiß schon. I red zu viel. Dös sagt meine Resi auch immer. Da kommt man ja nicht zu Wort, sagt sie. Aber sie hat net recht, denn ich habe jetzt ja g'hört, dass Sie auch a mal was sag'n woll'n, oder?" fügt der Taxifahrer hinzu. Und redet unbeirrt weiter.

Da der Friedensengel nun ein weiteres Mal auftaucht, sagt Hans: „Fahren Sie mich doch einfach nur zum Flughafen! Ich kenne München. Ich brauche keine Stadtrundfahrt."

Der Taxifahrer wirft einen undefinierbaren Blick in den Rückspiegel. Und als wolle er sein unnötiges Kreisen nun wieder gutmachen, drückt er aufs Gaspedal, schaltet sein Radio ein und fährt Hans, ohne weitere Umwege und ohne ein weiteres Wort zu sprechen, in überhöhter Geschwindigkeit zum Flughafen.

Als Hans aus dem Schwall der Worte, die jetzt aus dem Radio dringen, das Wort ‚Berlin' heraushört, weiß er plötzlich wohin er fliegen wird.

Epilog

Berlin-Schöneberg. Oktober 1981.
Böige Herbstwinde fegen durch die Crellestraße. Wirbeln Plastiktüten auf, die über Autodächer schlittern. Staub quirlt in Spiralen durch die Einfahrten zu den Hinterhöfen. Fußgänger laufen schräg, halten sich schützend Taschen oder Tücher vor ihre Gesichter. Autos ducken sich unter den Wind.
Ein junger Mann schlängelt sich mit schlaksigen Schritten durch die von Passanten dicht gedrängte Hauptstraße. Als er ein Wummern über sich hört schaut er nach oben. Doch der Himmel hat sich bereits verdunkelt. Die ersten Blitze peitschen in die Häuserschluchten. Krachender Donner poltert hinterher.
Der Mann versteckt seinen Kopf im Mantelkragen und winkt einem vorbeifahrenden Taxi hinterher. Die Bremslichter blinken auf. Das Taxi stößt zurück. Die Taxifahrerin lehnt sich über den Beifahrersitz, öffnet die Tür, während der Mann die Rücktür öffnet. Er lüpft seinen Kurzmantel, zwängt sich ins Wageninnere und lässt sich auf das Leder der hinteren Sitze fallen. Die Taxifahrerin zuckt die Schultern. Zieht die vordere Beifahrertür wieder zu.
Ziemlich luxuriös für ein Taxi, stellt der Mann fest und reibt seine klammen Finger ineinander.
„Friedenau. Handjerystraße 37, bitte."
Die Taxifahrerin zuckt zusammen. Schaltet den Taxameter ein. Und wendet. Im gleichen Augenblick fällt Wasser wie ein Sturzbach vom Himmel. Die Taxifahrerin sagt irgendetwas. Aber es geht im Prasseln des Regens unter. Der junge Mann beugt sich zur Seite, zieht einen prall gefüllten Beutel aus der Gesäßtasche. Und fingert einen Schein heraus.
Zwanzig Mark müssen genügen, denkt er und steckt den Schein in seine Manteltasche, um nachher nicht wieder den Geldbeutel durchwühlen zu müssen.

Das Klopfen der Regentropfen auf dem Autodach ist so heftig, dass das Taxi beinahe lautlos durch die Straßen zu gleiten scheint. Lichter schlieren links und rechts vorbei. Vergeblich versucht Hans Häuserfassaden zu erkennen. Da ist nur Wasser und verschwommenes Licht.

„Wie war die Nummer gleich wieder?" vergewissert sich die Taxifahrerin, als sie den Renee Sintenis Platz umrunden, um in die Handjerystraße einzubiegen.

„Siebenunddreißig. Sie hätten von der Schmiljanstraße her einbiegen sollen."

„Oh, Sie scheinen ortskundig zu sein."

Sie lacht.

„Ja, Sie haben recht. Ich dachte, Sie würden es nicht merken."

„Wie bitte?"

„Man muss sehen, wie man um die Runden kommt."

Hans starrt in den Rückspiegel, kann aber ihr Gesicht nicht erkennen.

„War ein Witz," lacht die Taxifahrerin, „hab erst vor kurzem den Taxischein erworben. Wenn ich nach Hause fahre, parke ich immer hier im Rondell des Renee Sintenis. Auf der Handjery kriegt man fast nie einen Parkplatz. Als ich Handjery hörte, dachte ich also sofort an Renee Sintenis. Tut mir leid."

Der junge Mann reicht ihr den Zwanzigmarkschein. Die Taxifahrerin wühlt in ihrer bauchigen Geldtasche.

„Lassen Sie nur! Der Rest ist für Sie."

„Obwohl ich…"

„Vergessen Sie's. War ja nur ein kleiner Schwenker. Ja, es ist wahr. Um auf der Handjery einen Parkplatz zu finden braucht man wirklich Glück."

„Sind Sie Berliner?" fragt die Taxifahrerin.

„Hört sich das so an? Nein, ich war noch nie in Berlin."

„Und wissen so genau, wie man in die Handjerystraße einfährt?"

Der Mann schüttelt den Kopf.

„Jedenfalls nicht physisch."

„Wie meinen Sie das? Nicht physisch?"

„Ich war noch nie in Berlin, habe aber den Stadtplan im Kopf. Natürlich nicht von ganz Berlin. Aber in einigen Stadtteilen kenne ich mich ziemlich gut aus. In Wilmersdorf, Kreuzberg, Schöneberg. Und eben auch in Friedenau."

„Und auf dem Stadtplan erkennt man, dass es im Rondell des Renee Sintenis Parkplätze gibt und in der Handjery keine?"

„Nicht direkt," grinst der Mann, „wollte Ihnen einen Witz meinerseits nicht schuldig bleiben. Ich besuche einen Freund."

„Dann sind wir jetzt quitt," sagt die Taxifahrerin.

Der junge Mann rafft seinen Kurzmantel zusammen und steigt aus dem Taxi. Sofort schlagen ihm dicke Tropfen entgegen. Er schaut nochmal ins Autoinnere zurück. Die Taxifahrerin ist mit ihrer Geldtasche beschäftigt. Ihr Gesicht ist im Dunkeln.

„Verzeihen Sie mir meine Neugierde! Sie sagten vorhin ‘immer wenn Sie nach Hause fahren' - wohnen Sie hier in der Nähe?"

Er lacht.

„Ich meine nur, falls ich mal wieder ein Taxi benötige - in dem man Witze austauschen kann."

Originelle Anmache! Denkt die Taxifahrerin schmunzelnd. War ich das? Fragt sich der Mann. Und klopft sich innerlich auf die Schulter.

„Wenn Sie in Nummer 37 wohnen, dann sind Sie bestimmt schon meinem Freund Frieder begegnet. Frieder Rometsch. Er wohnt im selben Haus. Allerdings im Rückgebäude. Ich bin zu Besuch bei ihm."

"Tatsächlich? Das ist aber ein Zufall! Auch ich wohne nämlich im Rückgebäude. Seltsam, dass wir uns noch nie begegnet sind?"

Die Taxifahrerin knipst die Innenbeleuchtung an. Ihre Blicke verhaken sich. Der junge Mann starrt durch die offene Autotür. Eine Windböe hebt seinen Kurzmantel. Regen peitscht gegen seinen Hinterkopf.

'Er?' ist alles, was in Karlas Kopf erscheint.

Sie beugt sich wieder über den Beifahrersitz und drückt die Tür auf.

„Komm rein! Du wirst ja völlig nass."

'Sie?' denkt Hans, wirft die hintere Autotür zu und hievt sich auf den Beifahrersitz, ohne den Blick von Karla abzuwenden.

„Das also ist die Stimme des Phantoms am Fenster."

„Ja, Phantom. Das passt."

Kamen die Worte aus meinem Mund? Wundert sich Hans. Ihre Blicke bleiben ineinander verhakt.

"Wir wohnen im selben Haus und wissen es nicht," sagt Hans unbeholfen.

„So verwunderlich ist das nun auch wieder nicht. Ich fahre nur Nachtschichten. Tagsüber schlafe ich. Während du vermutlich eher am Tag wach bist und nachts schläfst. Wir leben in verschiedenen Welten. Ich darf doch du sagen?"

„Ja," sagt Hans, als spreche er mit sich selbst, „in verschiedenen Welten. Aber wie kommen Sie darauf, dass ich tagsüber wach bin und nachts schlafe?"

Also doch kein Du, denkt Karla.

„Machen das nicht alle?"

„Und Sie?"

„Okay, das machen wohl die meisten so. Und das mit dem Du ist schon okay."

Das geht mir alles zu schnell, denkt Hans.

„Und ich gehöre zu den meisten?"

Sie lacht.

„Tatsache ist, dass wir uns noch nicht begegnet sind."

„Jedenfalls nicht hier in der Handjerystraße. Und wirklich begegnet sind wir uns vorher ja auch nicht."

Ein Wortklauber, denkt Karla belustigt..

„Und jetzt? Nennst du das keine Begegnung?" fragt sie und sieht Hans herausfordernd an.

„Ich weiß, du hältst mich für einen Wortklauber. Aber ich glaube, es ist die Maschine, die mich immer noch gängelt."

„Die Maschine? Welche Maschine?"

Hans wendet sich von Karla ab. Und schüttelt sich.

„Sie legt mir Worte in den Mund. Dabei dachte ich, sie ein für alle Mal losgeworden zu sein." Hans grummelt weiter, für Karla unverständliche, Sätze aus sich heraus.

Wohin ist er abgedriftet? Denkt sie. Und wie kann ich ihn von dort, wo er sich hin verirrt hat wieder zurückholen.

„Möglich, dass ich dies oder jenes auch selbst gesagt haben könnte," fährt Hans mit monotoner Stimme fort, „aber sicherlich hätte ich es anders gesagt."

Karla sieht ihn fragend an. Er scheint kurz in sich hineinzuhorchen. Schüttelt dann den Kopf.

„Wahrscheinlich gar nicht. Ja, vermutlich hätte ich ich gar nichts gesagt."

„Tut mir leid, ich verstehe nichts von dem, was du redest."

„Ich komme gar nicht dazu, festzustellen, was und ob ich überhaupt was gesagt hätte. Sie legt mir ihre Sätze in den Mund noch ehe ich…" redet Hans weiter vor sich hin, als nehme er Karla nicht mehr wahr.

„Hallo, hallo!" ruft sie gegen ihn an, "wovon sprichst du?"

Als kehre er von einem Gedankenausflug aus weiter Ferne zurück schüttelt sich Hans wieder, streckt sich auf seinem Sitz. Dreht sich dann wieder zu Karla hin und mustert sie.

„Durch Beobachten erfahre man alles, sagte sie immer."

Er lässt seinen Blick über ihr Gesicht wandern.

„Aber das stimmt nicht. Ich habe dich wochenlang beobachtet und weiß nichts von dir."

Karla kann auch mit diesem Satz nichts anfangen. Sie schaut über Hans hinweg auf die Seitenscheibe und zählt die herabrinnenden Tropfen.

Eine Faust klopft energisch an das Seitenfenster. Ein in ein durchnässtes Kopftuch gehülltes Frauengesicht klebt auf der Scheibe.

„Ich will ja nicht stören. Aber sind Sie frei?"

Karla öffnet das Fenster einen Spalt. Sofort quillt Regen ins Wageninnere.

„Sieht es so aus?"

„Immerhin stehen Sie hier in zweiter Reihe und die Taxileuchte ist eingeschaltet."

„Und der hier?" sagt Karla und deutet auf Hans.

„Ah, ich verstehe, ein *tete-a-tete* im Auto."

Karla lässt ihr Seitenfenster wieder hochfahren.

„Dann machen Sie wenigstens den Motor aus!" blafft die Frau. Und läuft mit über ihr Kopftuch gehaltenen Händen zur Handjerystraße vor.

„Durch beobachten erfährt man nur das Äußerliche," sagt Karla, „und meist nicht einmal das."

„Wahrscheinlich kommt es darauf an, wie gut man beobachtet," sagt Hans und mustert abwechselnd ihre beiden Ohrläppchen.

„Und? Haben wir gut beobachtet?"

„Ich weiß nicht," sagt Hans, „was meinst du? Haben wir?" Der Motor dieselt weiter vor sich hin. Regen pladdert auf das Autodach. Hans deutet auf die Taxiuhr, die unverdrossen in Zwanzigpfennigschritten weitertickt.

„Du wirst Probleme bei der Abrechnung bekommen. Von mir kannst du nichts mehr erwarten. Ich habe meine Fahrt bezahlt."

„Ich muss mit niemandem abrechnen," sagt Karla und lässt den Taxameter weiterlaufen. „Das ist mein Taxi. Eine großzügige Geste vom großen Maar."

„Maar? Muss ich den kennen?" Grinsend fügt er hinzu: „Falls er seine großzügigen Gesten auch auf andere ausweitet, wäre es vielleicht von Vorteil für mich, seine Adresse zu erfahren."

„Bisher kannte ihn jeder, mit dem ich sprach. Jedenfalls dem Namen nach."

„Du machst es aber mächtig spannend. Doch nicht etwa der Waschmittelfritze?"

„Genau der."

„Puuuh! Was hat er mit dir, oder besser, was hast du mit ihm zu tun?"

„Der Waschmittelfritze ist mein Vater."

„Wow! Die Tochter vom Maar fährt Taxi?"

Hans lässt seinen Blick im Innenraum des Taxis kreisen.

„Und wie ich feststelle, aufwendig ausgestattet," sagt er spöttisch.

Karla überhört seinen Spott.

„Mit solchen Gesten versucht er mich im Clan zu behalten."

"Ich verstehe. Wozu dann der Überfall? Die Tochter von einem der reichsten Männer Deutschlands überfällt eine Bankfiliale?"

Karla bläst Luft durch ihre Lippen.

"Du hast es also die ganze Zeit gewusst!"

"Nicht gewusst. Eher geahnt. Das entbehrt nicht einer gewissen Komik? Findest du nicht auch?"

"Ja," lacht Karla, "einer gewissen Komik entbehrt der ganze Überfall nicht."

"Aber sag mir: warum gerade diese mickrige Filiale?"

„Wohin ja wohl auch du dein mickriges Geld bringst. Wie ich gesehen habe. Im Übrigen galt unser Überfall dem Geldtransport. Nicht der Filiale. So gut hast du offenbar doch nicht beobachtet."

„Bankfiliale oder Geldtransport, das kommt auf dasselbe heraus. Das Geld kommt aus der Bank und wird wieder in eine andere Bank gebracht. Aber ich versteh schon. Mit dem erbeuteten Geld, kannst du dir selbst ein Taxi kaufen. Und musst nicht ein Leben lang ‚danke Pappi!' sagen."

„Ja," gibt Karla zu, „das Taxi ist das trojanische Pferd, mit dem mein Vater sich in mich einzuschleichen versucht, um seine Tochter familienkonform zu kneten."

Sie wirft ihm einen prüfenden Blick zu.

"Aber, wie du ja weißt, haben wir nichts erbeutet."

„Wie ich weiß? Wieso nichts erbeutet? Woher sollte ich das wissen? Was redest du da?"

Hoppla, denkt Karla, was ist das plötzlich für ein Ton? Das ist nicht mehr die Stimme, die fremd aus ihm heraustönt. Er schleudert mir die Worte entgegen. Als wolle er die Stimme in sich überrumpeln, um sich in den Vordergrund zu drängen.

„Woher sollte ich das wissen?" sagt Hans noch einmal, nun mit gedämpfter Stimme, "der große Maar ist bei meinen Beobachtungen nicht aufgetaucht."

„Aber bei deinen Spekulationen."

„Meinen Spekulationen? Was ist los mit uns? Schieben wir uns jetzt Rätsel hin und her?" sagt Hans.

„Ich habe deine Geschichte gelesen, Hans."

„Meine Geschichte? Welche Geschichte denn? Und woher kennst du meinen Namen?"

„Na, die Geschichte vom Überfall! Du hast alles aufgeschrieben. Ich frage mich eher, woher du meinen Namen wusstest. Ich heiße tatsächlich Karla. Karla mit K geschrieben."

„Die Geschichte vom Überfall? Ich habe keine Geschichte geschrieben."

Karla sieht ihn herausfordernd an. Hans öffnet seinen Mund. Einen Moment scheint ihr, als wolle er etwas aus sich herausschreien. Sackt dann in sich zusammen.

„Das Monster! Es hat mich reingelegt," sagt Hans resigniert.

Karla entdeckt ihre Hand in seinen nassen Haaren und zieht sie erschrocken zurück.

„Monster? Was für ein Monster. Wollten wir nicht aufhören, in Rätseln zu sprechen?"

Hans schaut an Karla vorbei auf die schlierigen Scheiben.

„Ich habe ihre Macht unterschätzt," murmelt er nun wieder vor sich hin, als spräche dieser andere aus ihm heraus, „sie wird mit aller Kraft verhindern, dass ich eigene Schritte mache."

Karla beobachtet wie Hans zusammengekauert im Beifahrersitz versinkt.

„Die ‚Continental,'" tönt es aus Hans heraus, „meine Schreibmaschine. Sie hat noch immer Macht über mich."

„Monster, Schreibmaschine, Macht. Ich verstehe immer weniger."

Hans versucht ihr zu erklären, wie seine Schreibmaschine ihn seit Jahren dazu zwingt, sich mit dem begrenzten Ausblick aus seinem Fenster zu begnügen. Und alles, was darunter geschieht aufzuschreiben. All das, was ich beobachtete. Und auch das, was ich mir dazu dachte. Sie sei es gewesen, die ihm den Überfall suggeriert und ihn zu nötigen versucht habe, eine Geschichte, seine eigene Geschichte daraus zu machen.

"Ich habe mich bis zuletzt geweigert. War fest davon überzeugt, nichts aufgeschrieben zu haben. Und jetzt, da ich mich endlich durchgerungen habe, sie wegzugeben, muss ich feststellen, dass sie mich weiterhin manipuliert. Mich immer noch in ihrem eisernen Griff hält."

Er schüttelt sich wieder. Als wolle er die Macht von sich abwerfen, der er sich ausgesetzt fühlt.

Kann eine Maschine, eine simple Schreibmaschine eine solche Gewalt über einen haben? Denkt Karla.

Nachdenklich mustert das Armaturenbrett, das Lenkrad, den Schaltknüppel, die Ledeersitze, schließlich den gesamten Innenraum ihres Wagens. Lauscht in das leise Nageln des Dieselmotors

Auch mein Vater versucht seine Macht über eine Maschine auf mich auszuüben. Doch es ist nicht die Maschine selbst, die Macht über mich hat. Sie ist nur das Mittel zum Zweck. Welche Macht verbirgt sich hinter Hans' Schreibmaschine? Ein verdrängter Impuls in seinem Innern, der sich seiner Schreibmaschine bedient, um ausgelebt zu werden? Das Diktat eines tief in ihm schlummernden Wunsches der nach Verwirklichung strebt? Oder die Unfähigkeit, sein eigenes Leben anzunehmen. So wie es ist. Und sich darin einzurichten.

„Ich weiß, du hältst mich für verrückt. Und ich kann dir das nicht einmal verübeln," sagt Hans.

Jetzt spürt Karla seine Hand in ihren Haaren. Sie rückt näher an ihn heran.

„Nein, ich halte dich nicht für verrückt. Lass doch die größenwahnsinnige Maschine glauben, dass sie Macht über dich hat."

„Aber verstehst du denn nicht? Das Monster hat uns in eine Geschichte gesperrt. Wir können uns nicht aufeinander zu bewegen. Wir kommen in der Wirklichkeit gar nicht vor."

„Beruhige dich! Befinden wir uns nicht alle in Geschichten, in die uns irgendeine Macht hineingedacht hat? Mag sein, dass deine Maschine uns beide in eine Geschichte eingesperrt zu haben wähnt. Doch diese Macht erlischt, sobald wir uns weigern, die von ihre vorgegebenen Schritte zu tun. Und unsere eigenen Entscheidungen treffen. Ich spüre deine Hand in meinen Haaren, so wie ich vorher meine Hand in deinen spürte. Mag mein Vater mit seinem Danaergeschenk weiterhin meinen, Macht über mich zu haben Lass deine allgewaltige Schreibmaschine ruhig glauben, uns in eine Geschichte hineinplatziert zu haben. Was kümmert es uns? Schau, gleich dort vorne gibt es eine Lücke. Ich werde das Taxi dort parken. Wir werden zusammen bis zur Handjerystraße 37 vorgehen. Das Rückgebäude betreten und die Geschichte deiner Monstermaschine hier in Berlin in unsere eigene verwandeln. Während die sie in München in der Nibelungenstraße beim Sperrmüll verrottet."

Karla stellt den Motor ab. Der schützende Geräuschvorhang des vor sich hin blubbernden Motors sackt plötzlich von ihnen weg. Sie sehen sich erschrocken an. Halten sich sekundenlang an beiden Händen fest. Um jetzt, da sie sich endlich gefunden hatten, von der unerwarteten Stille, die sich zwischen ihnen ausbreitet, nicht verdrängt und auseinandergerissen zu werden.

„Lass uns aussteigen! Es hat zu regnen aufgehört," sagt Karla, drückt die Fahrertür auf und geht um ihr Taxi herum.

"Auf die Hausratsammelstelle kann ich den Wagen nicht bringen. Aber ich werde es meinem Vater zurückzahlen, jeden Pfennig. Das verspreche ich dir."
Sie zieht Hans behutsam aus dem Beifahrersitz.
"Komm! Ich möchte ihn kennenlernen, deinen Freund Frieder, dem ich zu verdanken habe, dass wir uns hier begegnet sind."
Sie umkreisen, einer nach der Hand des anderen tastend, den Renee Sintenis und biegen in die Handjerystraße ein.

"Mögen tät'n wir schon wollen. Aber dürfen haben wir uns nicht getraut."

(Karl Valentin)

R. Daniel Roth,

geboren in Niederbayern.
Internatsschüler am Naturwissenschaftlichen Gymnasium
in Deggendorf.
Begabtenabitur am Bayrischen Kultusministerium.
Studierte in München Philosophie, Psychologie, Germa-
nistik, Russisch, Spanisch, Chinesisch und Zeitungswissen-
schaften.
Arbeitete als Teebeutelabfüller. Geschenkekistenzunagler.
Christbaumverkäufer. Vereidigter Briefträger. Bierfahrer.
Nachtwächter. Taxifahrer. Lagerarbeiter. Polsterreiniger.
Interviewer. Bauarbeiter. Nachhilfelehrer. Koch. Bar-
mann. Gründete und führte die Studentenkneipe ‚Rand-
stein' und die ‚Osteria Baal' in München. ,
Führte zusammen mit seiner Frau 11 Jahre ein Gästehaus
in einer ehemaligen Abtei in der toskanischen Maremma.
Lebt jetzt als freier Schriftsteller in Landshut.